RPG W(・∀・)RLD 15
―ろーぷれ・わーるど―

吉村 夜

JN266839

ファンタジア文庫

2101

口絵・本文イラスト　てんまそ
1Cデザイン　今野隼史

RPG W(･∀･)RLD 15
STATUS
ショウ
Level 35
Class
カイサード
AGE 17
SEX 男性
RACE 人間
HP 221/221
MP 629/629
STR 96
VIT 159
DEX 55
AGI 127
INT 213
WIS 377
LUK 41
ユーゴ
Level 79
Class
ゴーデス
AGE 17
SEX 男性
RACE 人間
HP 745/745
MP 248/248
STR 1074
VIT 369
DEX 412
AGI 417
INT 229
WIS 252
LUK 123

RPG W(・∀・)RLD 15 Scene select

ショウのモテモテ大作戦

ユグドラシルで魔神《まじん》グモンを撃破《げきは》したユーゴたち。しかし、ほかの魔神はいったいどこに？　魔神と教団の情報を探《さぐ》るため、大陸の西、アダナキア連邦《れんぽう》を目指して一行は船で旅立った！　……んだけど、なんと目的地に着く前に難破。青い海と白い砂浜《すなはま》が広がる謎《なぞ》の島に漂着《ひょうちゃく》してしまう。第五巻の島での生活中のひとコマです。

青春時代においては、恋愛は世界平和よりも価値がある！……ような気がする。

――宮本《みやもと》 翔《しょう》

人は誰《だれ》でも、人生に一度くらいはモテ期がおとずれるという。

そんなフレーズを空《むな》しいものに思い、かつての僕はギャルゲー三昧《ざんまい》、十八禁ゲー三昧の日々を送っていた。いやまあ、普通《ふつう》のＲＰＧ《ロールプレイングゲーム》やＳＬＧ《シミュレーションゲーム》もやってましたけどね。主食は女の子、それ以外は副食、それがミヤモトクオリティなわけですよ。

ところが。と・こ・ろ・がっ！

そんな僕が、ついに、とうとう、やっと、女の子とお近づきになれたんですよ！　名前はエルトリーゼ、略してエルちゃん。もうね、とびっきりの美少女！　ＲＰＧでは鉄板でお色気担当のエロフ、じゃなかった、エルフさんですよー！

ま、なにからなにまで完璧《かんぺき》ってわけではなくて、ア○マスの千早《ちはや》に匹敵《ひってき》するくらいおっぱいの隆起《りゅうき》がそのー、控《ひか》えめなんですけどね。いわゆるまな板、いわゆるバキュラ、平《たいらの》清盛《きよもり》もびっくりなくらいまっ平らなんですけどね。でも、そんなのはささいな問題！　胸なんてただの飾《かざ》りですよ、偉《えら》い人にはそれがわからんのです。僕はエロイ人だからそれがわかるんです。OK？

しかし、問題はここからだよね。

ぶっちゃけた話、そんな美少女とお近づきになれたら、男が考えることはただひとつ！　ここからどうやって彼女との距離《きょり》を縮めてゆくか、肝心《かんじん》なのはそれだッ！　単なる知りあいのままで終わりたくはない！　経験値を貯《た》めてお友達にLVUP《レベルアップ》し、さらに恋人《こいびと》にLVUPしたい、それが自然な感情ってもんさ。

であるからして、僕はエルちゃんとの距離をどうやって縮めてゆくか、この極《きわ》めて重大な問題についてあれこれ知恵《ちえ》をしぼっていた。

そんな折――めんどくさいんで詳細《しょうさい》は省くけど、僕らは船が難破し、青い海と白い砂浜が目にまぶしい常夏《とこなつ》の無人島へ漂着しちゃったんだ。

いいですか？　無人島ですよ、無人島。ムジントォー！

こ、こ、こんなとこで（ハァハァ）若い男女が（ハァハァ）一緒《いっしょ》に毎日を（ハァハァハァハァ）すごすことになったら、なにか起こらないほうがおかしいっ！　いや、そうじゃない。なにかを起こさなければならないんだ、僕自身の手で！（ハァハァハァハァ）

おっと、失礼。銀縁《ぎんぶち》眼鏡がよくにあう知性派魔法使いの僕としたことが、少々とりみだしてしまったようですね。いやあ、お恥《は》ずかしい。これが若さか……。

かくて！　それなんてエロゲ？　なシチュエーションのもと、僕はエルちゃんとの親密度を一気に高めて恋愛《れんあい》フラグを立てるべく行動を開始した。

エルたんと、ちゅっちゅしたいよぉ～♡

世界平和？　そんなのは後回しだっつっつっつっ！

＊　＊

「いったい、いつになったらこの島から脱出《だっしゅつ》できるんだ……」

ユーゴが深刻そうに眉間《みけん》にしわをよせ、ぽつりといった。

でも、そんな顔をしているのはユーゴだけだった。だってさ、青く澄《す》んだサンゴ礁《しょう》の海と真っ白な砂浜が広がっているんだよ？　そんでもって、すがすがしい朝の太陽の光をいっぱいに浴びながらみんなで車座になり、とれたて新鮮《しんせん》な果物《くだもの》で朝ごはんですよ？　もうね、みんなピクニック気分。世界平和のために邁進《まいしん》していたついこの間までの生活は、遠い過去のものだった。

「ユーゴ、もう悩《なや》むのはやめたほうがいいぞ。島からの脱出方法はさんざん協議したけど、無理ってことで決着がついただろ。まったり暮らしながら、船が通りかかるのをひたすら待つしかない。ウェイティングじじいを前にしているようなものなんだって。だろ？」

　僕は同意を求めてエルちゃんを見た。

「そうだな。これという脱出方法が見つかるまでは、休暇《きゅうか》だと思ってせいぜい楽しく暮らすしかなかろう。そのほうが時間の使い方としては有意義だ」

　エルちゃんは僕よりもユーゴに近いっつーか、かなりまじめなタイプなんだよね。だけど彼女も、今回ばかりはお手上げって感じで開きなおっていた。

「ユーゴさん。これはひょっとしたら、今日までがんばってきた私たちに神々が与《あた》えてくれたご褒美《ほうび》ではありませんか？　運命……なのかもしれませんよ」

　レヴィアちゃんがほほ笑《え》んだ。

「あたしも姉様に賛成。師匠《ししょう》、元気だしてください。あたしたちが難破したのは、なにも師匠の責任ってわけじゃないんですから」

　イシュラちゃんも姉に負けじとユーゴをはげます。

　この姉妹《しまい》は出会いの時からずっとユーゴに対して好感度が高い。ユーゴもそれはわかっているはずなのにな。この機会に攻略《こうりゃく》に精を出そうとは思わないのかなあ。

「どうでもいいが、こう毎日毎日うまいもんばっか食ってごろごろしてると身体《からだ》がなまっちまうぜ。それも考えもんだよなァ」

ラムダがあくびをした。ラムダは元もとは敵だったけど、いろいろあって、今は僕らの仲間になっている。

「そうはいうが、島から脱出しなければ任務の遂行《すいこう》どころじゃないし……な」

ユーゴはため息まじりにそういって、果物を一切れ手にした。

＊　　＊

「ところでユーゴ、ちょっといいかい？　ちょっと」

朝食の後片づけが終わると、僕はユーゴを岩陰《いわかげ》にひっぱっていった。

「なんだ？」

「島での生活基盤《きばん》もだいたい整ったから、時間に余裕《よゆう》あるだろ？　相談に乗ってほしいことがあるんだよ」

「ふうん……。もしかしてエルのことか？」

「ああっ、さすがユーゴ、話が早くて助かる！　僕としては、この機会にエルちゃんと親密になりたいなあ、なんて思うわけですよ！」

「………………」

「あれ。なにその微妙《びみょう》な表情。若くて健康ならそういうことを考えるのは自然だろー！

ユーゴも、せっかくイシュラちゃんとレヴィアちゃんが好意的なんだから、そういうことを少しは考えたらどうだい」

「……といわれてもな。どちらかと仲良くすれば、どちらかが悲しい思いをする。へたに動けないよ」

くっ……。美少女二人の間で板挟《いたばさ》みって、なんだそのうらやましいシチュエーションは。くそぅ、ユーゴめ。さらっとこういうセリフをはくのが憎《にく》らしい。

「なあ、ショウ。おれはまだ島からの自力脱出をあきらめてはいない。そのための方法を考えるので忙《いそが》しいんだ。悪いけど、いまはショウに力を貸している暇《ひま》はない」

「ええー。そんな冷たいことをいわずにさー。なっ？」

「代わりといってはなんだが、ひとこと忠告しておこう。ショウはあまりにも性欲《せいよく》丸出しで、欲望に忠実すぎる。エルと仲良くなりたいなら、そういう悪いところを極力ひかえるように心がけたほうがいいと思うぞ」

「え。なにその上から目線のアドバイス。僕のことをまるで変質者かなにかのように！」

「はたで見ていて思うが、時々暴走するのはショウの悪い癖《くせ》だ。少しは自覚したほうがいい。まあ、陰ながら応援《おうえん》しているから、がんばってくれ」

ユーゴはそういって去っていった。

むぅ。友達甲斐《がい》のないやつだ。ユーゴは頭が切れるから、これぞ！　っていうナイスアイデアをくれるかも、と期待していたのになー。

「ふん……。おいメガネ、お前、エルを狙《ねら》ってんのか」

おわっ！

「ラ、ラムダ。いつからそこに？」

「いつからもなにも、最初からいたぜ。おれが釣《つ》りしているところへ、お前がユーゴをひっぱってきたんじゃねえか」

「え。そうなの？　じゃあさ、ラムダでもいいや。なんかこう、いいアイデアない？」

「人に聞く前に、自分で考えてみたのか」

「うん、まあ、いちおう。えーとね、一歩ふみこんだ男女関係にステップアップするには、ボディランゲージとかいいんじゃないかと思うんだよね。ほら、ラブプ○スでも女の子にタッチするとどんどん親密になれるから、あれと同じ理屈《りくつ》で」

「具体的にいってみろ」

「こう……正面からエルちゃんに近づいていって、おもむろにπ《パイ》タッチ！　でもって『あっ、しまった！　あまりにも胸がないんで背中とまちがえた、ごめんっ！』とか、そんなささやかなところから始め――」

「ゲームオーバーだな」

「……だめかな、やっぱり」

「だめに決まってんだろ、アホか」

「しかし、二次元ならこれでうまくゆくケースも多い……ような気がしないでもないんですけど」

「それはお前、二次元とか三次元以前に、＊ただしイケメンに限る、だろ」

「…………」

「しょうがねえ、ここはひとつおれが協力してやるか」

な、なにいいいい！

「なにかいいアイデアがあるの？　ぜひ聞かせてください、ぜひ！」

僕は居住まいを正した。

「メガネ。お前よぉ、泣いた赤鬼《あかおに》って話を知ってるか」

「えーと、国語の教科書で読んだような……。たしか、赤鬼が村人と友達になるのを、青鬼が悪役になって助けるって話だったっけ？」

「そうだ。それを応用するんだ。具体的にいうとな、おれがエルにちょっかい出してわざと不快にさせる。そこでお前が、龍《りゅう》○如《ごと》くの桐生《きりゅう》チャンばりにさっそうと登場。おれに対してかんかんに怒《おこ》ってみせるわけだ。そうすりゃエルの好感度アップまちがいなしだ。だろ？」

おおおおお！　す、すばらしい！

「でもそれじゃ、僕は好感度アップだけど、ラムダは逆に好感度ダウンだよね？　いいの？」

「べつにかまわねー。といっても、もちろんタダってわけにはいかねえぞ。対価はきっちり支払《しはら》ってもらう」

「と、いいますとぉ？」

「なあに、今すぐ払ってもらうわけじゃねえ。貸しひとつ、ってやつだ。いずれ機会がきたら、なんらかの形で返してもらう」

「なるほど……。うん、そういうことならオッケーだよ」

「よし、交渉《こうしょう》成立ってわけだな」

「ラムダ、僕ちょっと君のこと誤解していたかも。こんなナイスアイデアを提供してくれるなんて！　ありがとうっ！」

「なあに、いいってことよ。そもそもおれはすでに嫌《きら》われ者だからな。いまさらこのくらい、どうってことねえや」

「ああっ！　で、でも！　あらかじめ注意しておくけど、エルちゃんに暴力をふるったりしちゃだめだよ！　ぶったりたたいたり、そんなのだめだよ絶対！　なんちゅーか、こう、ほどほどにしてくれないと！　ねっ？」

「んなこたァ、いわれなくてもわかってる。大船に乗ったつもりでまかせろ。おっと……だが、おれとしてもしかけるタイミングに注文がある」

「タイミング？」

「まず、ユーゴが近くにいる時はだめだ。お前じゃなく、ユーゴが助けに入って手柄《てがら》を横取りしちまうおそれがあるからな」

「なるほど、それはいえるね」

「それと、レヴィアがいる時もだめだ。おれはレヴィアに嫌われたくはねえ」

「え……ってことは、ラムダは……」

「ああいうよぉ、知的で清楚《せいそ》なお嬢様《じょうさま》タイプってもろにおれの好みなんだよ」

「ふうん。まとめると、ユーゴたちがどこかへお出かけして、僕、ラムダ、エルちゃんの三人になったところで『泣いた赤鬼作戦』発動！　ってことだね」

「おう。難易度EASY《イージー》のミッションだが、リセットボタンはねーからな、うまくやれよ」

＊　＊

無人島での生活は、G《ゴールド》を稼《かせ》いでなにかを購入《こうにゅう》、ってことができない。なんでもかんでも、自分たちでやるしかない。

魚を釣ったり、それを干物《ひもの》にしたり、海にもぐって海藻《かいそう》をとったり……そんなことやっているうちに、あっというまにお昼になった。

僕らは日光がさんさんと降り注ぐ浜辺《はまべ》で昼食をとった。うーん、気分はキャンパーだ。

「さて、と。果物《くだもの》でも集めてくるかな」

ひとしきり食後の雑談を終えたところで、ユーゴは剣《けん》を手に立ち上がった。

「あっ！　師匠、お供します」

すると、すぐにイシュラちゃんも立ち上がった。

「私もいきます。ユーゴさんはモンスターを警戒《けいかい》してください。私とイシュラで果物を集めますから」

ただちにレヴィアちゃんも立ち上がり、イシュラちゃんを見た。

むう、二人の乙女《おとめ》の間に静かな火花が散っている。二人とも露骨《ろこつ》なまでのユーゴ狙い。

くそぅ、ユーゴめ、うらやましすぎる。

しかぁーし！　『泣いた赤鬼作戦』が無事終了《しゅうりょう》した暁《あかつき》には！　僕もエルちゃんと親密度がグンと増して……ふははは！　見てろよぉ〜！

ともあれ、僕が水をむけるまでもなく、三人は連れ立って島の奥へと消えていった。おあつらえむきのシチュエーションだ！

「僕は塩でも作るかな。エルちゃん、一緒《いっしょ》にどう？」

「ああ」

ラムダがバチン！　とアイコンタクトを送って無言で立ち去った。頼《たの》もしい……！

僕はエルちゃんと一緒に、木枠《きわく》で囲った小さな塩田へむかった。昨日のうちにまいておいた海水が天日で蒸発し、砂に塩の結晶《けっしょう》が付着してきらきら輝《かがや》いている。

バケツに布を被《かぶ》せ、二人して砂を集めては載《の》せてゆく。

海に入って海水をくみあげ、布の上から注ぐ。すると、バケツには塩分濃度《のうど》の高い海水がたまる。

これを大きな鍋《なべ》に移す。

枯《か》れ木を積み上げ、その上に鍋を吊《つ》るして——。

「そおれ、ファイアーボール！」

「ファイアーボール！」

二人して交互《こうご》に炎《ほのお》の魔法《まほう》をあびせた。たちまち、鍋はぐらぐら煮立《にた》った。あとは水分を蒸発させれば、海水にふくまれていた塩が残るってわけなのさ。

「んー。それにしても、美少女と二人きりの共同作業は楽しいなあ〜。

無人島生活だと魔法使いって便利だよね。気軽に火を出せるから、塩作りにも料理にも大活躍《かつやく》！」

僕は親指をビッ！　と立てた。ＲＰＧ《ロールプレイングゲーム》をプレイしては魔法を使えたら楽しいだろうなあって想像していたけれど、今や僕は本物の魔法使いなんだ！

「もっとも、パイロマンサーの私は火系統の魔法しか扱《あつか》えない。こういう環境《かんきょう》だと、いろいろな魔法が使えるショウがうらやましい」

「フフ……。そうでしょう、そうでしょうとも！　僕は回復、召喚《しょうかん》、攻撃《こうげき》、補助、あらゆる系統の魔法に精通しているウォーザードですから！　しかもＬＶ《レベル》58で、レアな魔法もほとんど習得してますから！　こういうこともできるわけですよ。そぉれ、アイスブラスター！」

僕は砂浜めがけて魔法の氷弾《ひょうだん》をぶっぱなした。ひと抱《かか》えもある大きな氷の塊《かたまり》が、ごろんと転がる。

アイスピックがわりのナイフでがしがし削《けず》り、あらかじめ用意しておいたコップに放《ほう》りこんでエルちゃんにさしだした。

「ありがとう」

エルちゃんは微笑《びしょう》した。ああ、いい笑顔《えがお》だ！　なにしろ太陽ぎらぎらの炎天下《えんてんか》で塩づくりときては、汗《あせ》だくですからねっ！　氷はごちそうですよ！

僕たちは腰《こし》をおろして氷をかじった。んー。冷たくて気持ちいい。

「おいしい。生き返るようだ」

「エルちゃんに喜んでもらえるなら、MP《マジックポイント》がつきるまで氷を出しちゃうよ！　でもこれ、味がなくて、ちょっとものたりないかも。僕の故郷の日本だと、削った氷にあま～いシロップをかけた、かき氷って食べ物があるんだ。ああ、食べたいな、かき氷……」

「聞いただけでもおいしそうな食べ物だな。機会があれば、私も食べてみたいものだ。そういえば……この島には果物はあるが、砂糖やハチミツのような強い甘味《かんみ》のある食べ物はないな」

「そういえばそうだね。エルちゃんは甘いもの、好き？」

「大好きだ」

そういってエルちゃんはまた微笑した。うーん、チャーミングだっ！

（もっともっとエルちゃんと親密になりたいな。もっともっと、彼女の笑顔を見たいな）

なんてことを思っていると、

「おい！　エルフ！　おい！」

ラムダが遠くのほうから大声でエルちゃんを呼びつけ、手招きした。

「あいつめ、なんの用だ？」

「おい！　ちょっと来い！　はやく！」

「……？」

「行ってきたら？」

僕はエルちゃんをうながし、なにが起きるのかをどきどきはらはらしながら見守った。

エルちゃんはラムダのほうへすたすた近づいてゆき、そして——。

ずぼっ！

なんと砂浜に落とし穴がっ！　刻○館かよ！　エルちゃん、もろにはまってしまいました！

「ぶわっはははは！　ひっかかったひっかかった！　バカじゃねーの！　わはははは！

平○京エイリアーン！」

ラムダはエルちゃんを指さして笑った。

さあ、ここだっ！

僕は二人のところへ猛《もう》ダッシュすると、手を伸《の》ばしてエルちゃんをひっぱりあげ、ラムダをにらみつけた。

「こらあー！　なんてことするんだ、ラムダ！」

「あ？　なんだ、文句あんのか？」

「大アリクイくらい大アリだっ！　エルちゃん、怪我《けが》はない？　だいじょうぶ？　てゆーか、エルちゃんにもしものことがあったら、この僕が許さないぞ！　絶対にだ！」

「お……おいおい。なんだよ、そう怒《おこ》ることないだろ。ほんのいたずらだって」

「いたずらでもなんでも、エルちゃんに危害を加えようとするなんて、失礼にもほどがあるっ！　謝れ！　エルちゃんに謝れっ！」

ラムダは不服げに、いかにもふてくされた顔になった。ファイ○ルファンタジーⅥの某《ぼう》シーンを一発クリアできるくらい演技うまいですよ、ラムダさん！　アカデミー賞級です！

「チッ。わかったよ、悪かったな。退屈《たいくつ》な島だからよぉ、刺激《しげき》がほしくなったんだ」

そういってラムダは踵《きびす》をかえした。

「……ショウ……」

いつも温和な僕があそこまで怒ったのは意外だったのか、エルちゃんはびっくりしていた。

「怪我してない？」

僕は（あくまで紳士《しんし》的な手つきで）エルちゃんの服についた砂を払い落としてあげた。

「ああ。その……ありがとう。私のために、あんなに怒ってくれて」

「ああっ！　なにこれ！　エルちゃん、花も恥《は》じらう乙女ってふぜいで頬《ほお》がぽっと染まってますよー！

「いや、まあ、あははは」

思わず僕はにやけてしまった。

すばらしい！　ミッションコンプリィトォー！　これでエルちゃんの好感度はまちがいなくアップした。ここからなにをどうするかは僕次第《しだい》！　イヤッホォー！

喜びのあまり、心の中でド○クエのLVUP《レベルアップ》音を鳴り響《ひび》かせていると――

「ラムダさん、なんてことをするんです！」

鋭《するど》い声が空気をふるわせた。

え。

あれ？

「レ、レヴィアちゃん、なぜここに……？」

「かごを忘れて、とりにもどってきたんです。それより、これはどういうことですか、ラムダさん。落とし穴を掘《ほ》ってPT《パーティ》の仲間をひっかけ、笑いものにするなんて！　あなたはそういう人なんですか？」

　なじられまくって、立ち去りかけていたラムダは目を白黒させた。

「いや、ちがう！　誤解だ！」

「誤解もなにも、現にあなたがやったことでしょう！」

「そうじゃねえ！　おれだってこんなことしたくはなかったんだ。ショウのやつがよぉ、エルと仲良くなりたいんで、おれに悪役をやれっつーから、おれはいやいやしかたなく協力を――」

　うわあああああ！

「ああああああ！　ちょ、ちょっと！　いっちゃだめ！　それ、いっちゃだめだからー！」

　ハッ……。

　しまった、墓穴《ぼけつ》を掘った……。

　全員が押し黙《だま》る中、ざざぁーん……ざざぁーん……と打ち寄せる波ばかりが音をたてた。

　レヴィアちゃんは僕とラムダに軽蔑《けいべつ》の視線を投げかけると、ぷいっとそっぽをむいて立ち去った。

「おい。待て。待ってくれ。なあ、おれはやりたくてあんなことやったわけじゃないんだぜ？　その点だけはわかってくれよ、なあ、レヴィア――」

ラムダは弁解の言葉をのべながらそのあとを追った。

僕はエルちゃんと二人、浜辺《はまべ》にとりのこされた。

うう……エルちゃんをふりかえるのがこわい……。

ポン、と肩《かた》に手がおかれた。

「説明してもらおうか」

＊　＊

「すみませんっ！　すみませんでしたっ！　ぶってください！　けってください！　ののしってくださいっ！　でも！　信じてください、わざとじゃないんですっっっっっ！」

土下座するしかないっ！　てゆーか、それでもゆるしてもらえるかどうか疑問だっ！

僕は砂浜に頭をこすりつけてひたすら謝った。

「明らかにわざとだろうが！」

エルちゃんは雷《かみなり》のような声を僕にあびせた。まったく反論できない……。ああ、なんてこった、ああ……。いつも沈着《ちんちゃく》冷静な彼女がここまでブチきれるなんて……。てゆーか、僕はなんてバカなんだ……。

「ごめんなさい！　すみませんっ！　自分のバカさかげんに情けなくて涙《なみだ》が出てきます！魔《ま》がさしたとしか思えませんっつつつつつつ！」

「君を軽蔑する」

エルちゃんは冷ややかに吐《は》き捨てると、足早に立ち去ってしまった。

＊　＊

穴があったら入れたいっ！　じゃなかった、穴があったら入りたいっ！　穴を掘って埋《う》まりたかった雪歩《ゆきほ》の気持ちが僕にもわかります！　もうなんちゅーか、ラムダが掘った落とし穴に埋まりたい気分だっつつつつ！

僕は情けないやら悲しいやらで、砂浜を離《はな》れてふらふらとあてもなく歩いた。

気づいた時には森の中にいた。

この無人島の森は熱帯性のジャングルで、見通しが悪く蒸《む》し暑い。汗がだらだら出てくる。でも、そんなのまったく気にならないほど僕の心は罪の意識でいっぱいだった。ジャングルの湿度《しつど》がもっと上昇《じょうしょう》して、このバカをもっと苦しめればいいのに。そうだ、エルちゃんにあんなことをしようなんて、よく考えたら失礼で卑怯《ひきょう》で男らしくもなんともないじゃないか――。

（ああ、どうしよう。エルちゃんに謝らないと。へたな謝罪で状況《じょうきょう》をこれ以上悪化させたら、僕は終わりだ。せめてきちんとした謝罪をして、最悪の状況だけは回避《かいひ》しないと）

不意に、ブゥーン、と重苦しい音がした。

一瞬《いっしゅん》、耳鳴りかと思ったけど、そうじゃなかった。

木々のむこうに開けた草むらがある。

草むらの中央には巨大《きょだい》な――家くらいの大きさがあった――ハチの巣があり、周囲には
ハチ型のモンスターがブンブン飛び回っていた。頭上に表示されている名称《めいしょう》は、キラーホーネット。

（うわっ！　なんて数だ！　き、気づかれなくて良かったあ）

あとじさりしかけて……僕は足を止めた。

（いや、待てよ？）

ふと閃《ひらめ》いた。

（ハチ型のモンスター。そしてでっかいハチの巣。あの巣の中って、もしかして……）

もしかして、ハチミツがあるんじゃないのぉ？

エルちゃんもいっていた。この島にはいろんな果物《くだもの》が自生しているものの、砂糖みたいな、舌をとろけさせる強烈《きょうれつ》な甘味をもつ食べ物はない。

（そしてエルちゃんは甘《あま》いものが大好きとはっきりいっていた。もし、あのハチの巣の中にハチミツがどっさりつまっていて、それを持ち帰ったら……これはポイント高いかも！）

がぜん、やる気が出てきた。エルちゃんの機嫌《きげん》をあまで損《そこ》ねてしまった責任は僕自身にある。ここはなんとしても、手柄《てがら》を立てて名誉《めいよ》挽回《ばんかい》といきたい！

僕はハチミツを持ち帰った自分の姿を想像した。

「エルちゃん、ごめん。なにもかもぜんぶ僕が悪かった。許してくれとはいわない。でも、その、お詫《わ》びといってはなんだけど、これ……」

「これは！　ハチミツじゃないか」

「どうしてもエルちゃんにお詫びがしたくて！　言葉だけじゃなく形のあるお詫びがしたくて！　島中を歩き回ってこれを見つけてきたんだ。でっかいハチのモンスターが大量にいたけれど、謝罪の気持ちをこめて命がけで戦っちゃいました！」

「そんな……私のためにそんな危険を……バカだな、ショウは」

「ともかく舐《な》めてみてよ。とってもあま～いから！」

「甘い！　うれしい贈《おく》り物だな、これは」

「あっ、ちなみにハチミツは美容にもいいんですよ。お肌《はだ》をきれいにする効果があるんです！」

「そうなのか？」

「うん。あ、それについては食べるんじゃなくて、肌に塗《ぬ》るとそういう効果があるんだ」

「知らなかった」

「というわけで！　お詫びの印に塗ってあげるから！　さあ、服をお脱《ぬ》ぎになってくださ
い！」

「えっ！　おい、ちょっと待て！」

「いいからいいから！　そおれ、ハチミツマッサージ！　ハチミツマッサージ！」

……。

………。

やるっきゃねえええええええ！

僕はバカでかいハチの巣と、やかましい羽音を立ててぶんぶん飛び回っているキラーホーネットの大群を観察した。

僕が使える中で最強の範囲《はんい》攻撃《こうげき》魔法《まほう》であるサンダーストームをぶちかましてやっつけたいところだけど、問題がひとつある。いったんキラーホーネットを巣から引き離さないと、ハチの巣がぐちゃぐちゃに砕《くだ》け散ってハチミツがだいなしになってしまうかもしれない。

となると僕自身が囮《おとり》になって、こいつらを巣から引き離すしかない。

(僕一人でだいじょうぶかな)

みんなのところへもどって、ユーゴに協力を求めたほうがいいかな？　とも思った。

でも、エルちゃんに形のある謝罪をしたくて、そしてまたハチミツゲットの手柄を独占《どくせん》したくて、その案は却下《きゃっか》した。

(やるしかない！　いくぞぉー！)

僕は茂《しげ》みから姿をあらわすと、空へむけて「フレイムストライク！」と唱えた。火炎弾《かえんだん》がほとばしり、ハチの大群はたちまち僕に気づいた。

「こい！　ほら、こっちだ！　バーカバーカ！」

悪態をついて僕はさっと身をひるがえした。案の定、キラーホーネットたちは一も二もなく襲《おそ》いかかってきた。

(フッ。しょせんは昆虫《こんちゅう》の知能、単純だなっ！　巣から引き離したところで、範囲攻撃魔法で一掃《いっそう》してくれるわっ)

と思って振《ふ》り返ると――。

でかい複眼が僕をにらんでいた。

「あああああ！　うそだろ！　はえええ！　追いつかれるううう！」

僕は悲鳴をあげてしまった。なんだこれー！　予定が狂《くる》う！　気が狂う！　ひいいい！

（だ、だめだっ！　はやくサンダーストームを使わないと！　いくら雑魚《ざこ》モンスターとはいえ、あの数に囲まれたら命がヤバイ！）

巣からじゅうぶんに引き離さないと……なんていってらんねえええ！　くそぉー！

やむなく僕は足を止めてふりかえった。

「くらえっ！　サンダー……」

ふりかえりざま呪文《じゅもん》を唱えかけた僕の右肩《みぎかた》に、先頭のキラーホーネットがおしりの針を突《つ》き刺《さ》した。

（ぐあっ！　イタタタタ！）

しかし、防御《ぼうぎょ》に難のある魔法職とはいえ、僕はLV《レベル》58でHP《ヒットポイント》もそれなりにありますからっ！　雑魚モンスターに一発や二発食らっても、屁《へ》でもねー！

というわけで、改めて！

（くらえっ！　サンダーストーム！）

ん？

アレ？

え？　なにこれ？　口がぱくぱく動いただけで、声が出ないんですけど……？

（ああああああ！　まさかっ！　そんなっ！　魔法使いにとって最もデンジャラスな状態異常、魔法が使えなくなっちゃう沈黙毒《ちんもくどく》ですかああああああ！）

なんてこった！　今日は厄日《やくび》だ！

てゆーか、魔法を使えない魔法使いなんて、ただの人ですっ！

僕は必死に逃《に》げた。「たすけてくれー！」と自分ではわめいたつもりなんだけど、口を開けてパクパク動かしても声はまったくでなかった。

＊　＊

（見えたっ！）

がむしゃらに逃げて逃げて逃げまくってジャングルを突破《とっぱ》し、ようやく浜辺《はまべ》が見えてきた時には、赤い太陽が水平線に沈《しず》みつつあった。

焚《た》き火がみえた。鍋《なべ》が火にかけられ、ゆげを立ちのぼらせている。みんなが車座になっている。

「あ、やっと帰ってきたか。ショウ！　もう夕食の時間だぞ、どこへ行って——」

ユーゴはとちゅうで言葉をのみこんだ。僕は（たすけてー！　たすけてー！）と心のなかでさけびながら、指で後ろを示した。背後からは、キラーホーネットの大群がかなでる羽音があいかわらずやかましく聞こえている！　てゆーか、ここまで逃げてくるあいだに僕は何度もハチの針で攻撃されて、もうＨＰがヤバイんですけどっつつつつつ！

「な、なにやってんだテメー！　サモンデーモン！」

ラムダが目をむいて立ち上がり、身の丈《たけ》四メートルにもなる頼《たの》もしいアイスデーモンを召喚《しょうかん》した。それを目にした僕は気がゆるんだのか、はでに転倒《てんとう》してしまった。

あああああ！　死ぬ死ぬ死ぬ！　助けてー！

「ソニックブーム！」

「ファイアークラッカー！」

「ソニックスラッシュ！」

みんながありったけの攻撃をあびせる。でも、キラーホーネットはものすごい数だったから、簡単に全滅《ぜんめつ》させることはできない。僕は生きた心地《ここち》もなく頭をかかえて砂浜にうずくまっていた。

ようやく羽音がやみ、おそるおそる顔を上げると、あたり一面にキラーホーネットの死《し》骸《がい》がごろごろ転がっていた。

た、助かった……。

けれど、てんやわんやの戦闘《せんとう》によって、鍋の中身はあらかたこぼれてしまっている。

「いったい何事だ、ショウ！」

ユーゴが駆《か》け寄ってきて僕を抱《かか》え起こしてくれたけど、今の僕は声が出せない。口を指で示し、手を交差させて×印を作った。

「ん？　HPのバーが緑色になってる……ってことは、ひょっとして沈黙毒か？　キュアポイズン！」

ラムダが勘《かん》良く気づいて魔法で治療《ちりょう》してくれた。

「その……これには諸般《しょはん》の事情が……」

僕は涙《なみだ》ぐんでエルちゃんを眺《なが》め、それからひっくりかえった鍋を見た。

「すみませんでしたあああああああああ！」

そして、本日二回目の土下座をした。

＊　　＊

僕は土下座したまま事情を説明した。

「えええええ！　ハチミツがあるかもしれないと思ってモンスターと戦ったらあんなことに？　でも、なんで一人でやろうとしたの？　みんなに相談しなきゃだめでしょー！」

イシュラちゃんは僕より年下でずっと低LVだけど、あまりにもごもっともなお言葉、このショウ返す言葉がございませんっ！　だけど、エルちゃんに形のある謝罪をするべくハチミツゲットの手柄を独占したかった、なんて恥《はじ》の上塗《うわぬ》りになることはとてもいえなかったから、僕はひたすら頭《こうべ》をたれていた。

「……お料理、つくり直しますね」

レヴィアちゃんの声は絶対零度《れいど》並みに冷ややかだった。内に秘めた怒《いか》りがにじみ出ている。

「とにかく無事でなによりだった。でもな、ショウ。いくら高ＬＶだからって、自分の力を過信しないでくれ。沈黙毒だからまだよかったようなものの、麻痺《まひ》毒《どく》だったらここまでたどりつくことさえできずに、ひとり寂《さび》しく死んでいたかもしれないんだぞ」

ユーゴが優《やさ》しく声をかけてくれても、なんかもう、自分のバカさ加減にひたすら心が痛い。

「うう……みんなごめん……ずびばぜんでじだっ！」

僕は半べそかきながら平謝りするばかりだった。

一時間後、作りなおした夕食でおなかを満たすとようやく人心地がついた。

そのころにはもう、すっかり夜になっていた。けれどユーゴは食事がすむとすぐに、「じゃあ、みんなでそのハチミツをとりにいくか」といった。

「さんせー！」

「ハチミツがあったら、料理の味つけにも便利ですね」

「おう。ムショじゃ甘《あま》いもんが恋《こい》しくなるって聞くが、ひさしく甘いもんをとってねえとその気持ちがわかるぜ。とりにいこうや」

「……みなさま、たいへんご迷惑《めいわく》をおかけしました。こちらでございますぅ」

僕は低姿勢で、みんなを森へと案内した。

てゆーか、あまりにも失態続きでエルちゃんの顔を見ることができず、僕はひたすらうつむいていた。

巣へもどると、まだキラーホーネットが二十四匹《ぴき》以上残っていた。だけど、PT《パーティ》全員の力をあわせれば掃討《そうとう》は楽勝だった。そしてハチの巣には想像したとおりハチミツがたっぷり入っており、みんなこの思わぬ収穫《しゅうかく》に大喜びだった。

僕をのぞいては。

夜――。

みんなは洞窟《どうくつ》（偶然《ぐうぜん》発見したもので、そこなら雨や夜露《よつゆ》をしのげる）で眠《ねむ》りについたけれど、僕は浜辺で膝《ひざ》を抱えて座りこんでいた。

ああ……なんてこった……。

全部、僕が悪いんだ。

僕はバカだ――。

海に映る満月を眺めながらめそめそ泣いていると、影《かげ》がさした。

ふりむくと、なんとしたことかエルちゃんだった。月光が蒼《あお》く照らしだす彼女の顔は彫《ちょう》刻《こく》のようにきれいだった。

エルちゃんは影のように音もなく僕の隣《となり》に腰《こし》をおろした。

……。

………。

なにかいわなくちゃいけないと思ってはいたんだけど、僕はうまく言葉を選べなかった。

「……まだ、きちんとした答えを聞いていなかったな。なぜ、ラムダとしめしあわせてあんなことをしたんだ？」

かなり長い沈黙のあとで、エルちゃんは口を開いた。

「僕は……その……。モテなくて……女の子と仲良くなれたためしがなくて……」

僕は半べそかきながら、心の底からわきあがってくる言葉をそのままつむいだ。

「ましてや、エルちゃんみたいなきれいな女の子とは、これまでまったく縁《えん》がなくて……。だから、ちょっぴり仲良くなれたのがうれしくて……まいあがってしまって……。できれば、もう少し仲良くなりたくて……それで……あんな、バカなことを……」

もーほんと、そうとしかいいようがない。バカですみません。生まれてきてすみません。ラムダにそそのかされた、なんていいわけはしない。というか、そんないいわけ恥《は》ずかしくてできない。悪かったのは全部、僕なんだ……。

「なあ、ショウ」

僕はびくっとした。

エルちゃんが、僕の手に自分の手を重ねたんだ。

その手はすべすべで、あたたかかった。

「心というものは不思議だな。時として思いもよらない動きをする」

「…………」

「私は、父や母や学校や、そのほか色々なことが気に食わなくて故郷のユグドラシルを離《はな》れた。あの国が嫌《きら》いだった……はずだった。けれど、魔神《まじん》グモンによって半壊《はんかい》した故郷を見た時、私の心は悲しみで満たされた。自分でもわけがわからなかった。だが、とにかく悲しくて、その感情は制御《せいぎょ》不能だった」

「…………」

「私も、君も、いいや人は誰《だれ》しも、時としてそんな風になってしまう生き物なのかもしれないな」

「………」

ん？

え……？

エルちゃんの声音《こわね》、すっごく優しくて穏《おだ》やかだ……。

こんな僕をゆるしてくれるんですか……？

こんなバカなことをした僕を、なぐさめてくれるんですか……？

「ごめんね、あんなことをして。ほんとうに、ごめん」

僕は洟《はな》をすすった。

「ショウ。今回の件は魔がさしたんだ、と思うことにする。ただし、あんなことはもう二度としないでくれ。不愉快《ふゆかい》だ。それに、悲しい」

「うん……」

「反省してくれるなら、君がしたことをゆるそう」

「ありがとう、エルちゃん……」

「みんなのところへもどって眠ろう」

「うん！」

いまさらだけど、ユーゴのアドバイスは正しかったな。時々、暴走するのは僕の悪い癖《くせ》、か。やっぱりあいつ、親友だな。僕のこと、よく見てるよ。

僕とエルちゃんは砂を鳴らしながら並んで歩いた。月が二人の影を長く長くひきのばしていた。

その影は手をつないでいた。

(いやはや、大失敗だった。だけど、エルちゃんと二人してこんな幻想《げんそう》的な風景の中を歩いているのって、なんだかいいな。とてもいいな。僕をゆるしてくれたエルちゃんの優しさに感謝しなくちゃ。この風景を、その思いとともに心にかきとめておかなくちゃ)

そう……大失敗だったけど、でも、得るものがなにもなかったわけじゃない。

青春って、こういうのをいうのかもしれないね！

恐怖《きょうふ》！　ほらーげー・わーるど

謎《なぞ》の島を脱出《だっしゅつ》し、大陸の南西部に上陸したユーゴたち。アダナキア連邦《れんぽう》を目指し、北へ北へと徒歩で旅を続ける。しかしアダナキアは内戦で予想以上に荒《あ》れ果てているらしく、なかなか村や町に着かない。そんな旅の途中《とちゅう》、ＰＴ《パーティ》は予想だにしなかった恐怖の一夜を過ごすこととなる……！　第五巻と第六巻の合間の出来事です。

名探偵になって犯人当て！　一度はやってみたいシチュエーション……だった。だが、もう二度とごめんだ。

——厳島《いつくしま》　勇吾《ゆうご》

太陽の強烈《きょうれつ》な光がまぶたを貫《つらぬ》いた。

（朝だ）

意識が眠りの海から浮上《ふじょう》する。ごく自然に、すうっとまぶたが持ち上がる。

日本にいたころは、おれもごたぶんにもれず目覚まし時計と格闘《かくとう》しながら寝《ね》ぼけまなこで朝を迎《むか》えていたクチだ。けれどエターナルへ来て、旅と野宿に身体《からだ》がなじんだ今では、太陽光線を感じた瞬間《しゅんかん》にすっきりした気持ちのいい目ざめが訪《おとず》れる。

（爽快《そうかい》だな。活力が身体のすみずみまでみなぎっている）

そしてまた、新しい朝をむかえるたびに、おれは太陽に、空に、大地に、敬虔《けいけん》な気持ちを抱《いだ》く。大自然に包まれて暮らしていた縄文時代《じょうもんじだい》や弥生《やよい》時代の日本人は、天地の挟間《はざま》にあるすべてのものに対して、このような念を抱いていたのではないだろうか。

（大自然に抱かれた生活って悪くないな。けれど、日本でのゲーム漬《づ》けの日々だって悪くはなかった。どちらもそれぞれに良さがある）

なんて感慨《かんがい》を抱きながら、おれは立ち上がって腰に手をあて、朝陽《あさひ》の眩《まぶ》しさを楽しんだ。

すっ、と小柄《こがら》な影がさした。今はもう影だけで誰だかわかる。イシュラだ。

「師匠《ししょう》、おはようございます」

「おはよう、イシュラ。早いな」

「師匠こそ」

「これからしばらくは徒歩での旅が続くが、だいじょうぶそうか？」

「ええ。歩き通しで夜には足がぱんぱんですけど、ひと晩眠れば、前日の疲《つか》れがうそみたいに身体が軽くなってます」

「おれも、どんなに疲れていても朝は爽快だ。だけど、無理はするなよ。どこか具合が悪くなったら変に無理をせず、すぐにいうんだぞ」

「はい！」

おれたちは並んで空と海と太陽を眺《なが》めた。

なんというすがすがしい青空！　打ち寄せる波の音の心地よさ！　そしてかたわらには美少女が寄り添《そ》っている！　ただ生きて呼吸をしているだけなのに、とめどなく充実感《じゅうじつかん》が湧《わ》いてくる!

そう——。

その朝、おれは想像さえしなかった。

まさかこれから始まる日が、一生記憶《きおく》に残って忘れようにも忘れられないほど恐《おそ》ろしい一日になるだろう、とは。

*　*

北へ。北へ。

アンティラの島を脱出して大陸の南西部に上陸を果たしたおれたち——おれ、ショウ、ラムダ、イシュラ、レヴィア、エルの六人からなるPT《パーティ》——は、アダナキア連邦を目指し、海岸沿いに徒歩で北上を続けていた。

おれたちに課せられた任務は、来《きた》るべき教団との決戦に備え、大陸西側における教団や魔神の情報を探《さぐ》ること。

しかし当面、どこそこで魔神が復活して暴れまくっている、といった緊急《きんきゅう》を要する事態は生じていない。徒歩の旅のゆったりとしたペースもあいまって、気楽といえば気楽な旅だった。

「今日はほんとうにいい天気ですね！」

「そーだね。雲ひとつない快晴！」

「景色がいいと、足どりも軽くなるよ」

おれたちはピクニックでもしているように雑談しながら楽しく歩いた。３Ｄ系のＲＰＧ《ロールプレイングゲーム》で、新しい風景が広がってゆくのは楽しいものだ。まして、それが気のあう仲間と一緒《いっしょ》の旅なら、なおさらだ。

「てくてく歩くのも、今日で三日目か……。しかし、はえーところ村や町につかねえもんかな。徒歩の旅も悪くはねえが、馬や馬車があるに越《こ》したことはねーぜ」

ラムダがぼやいた。その後ろには、ラムダが召喚《しょうかん》した体長四メートルもある魔界《まかい》の悪魔、アイスデーモンが二体つきしたがっている。かさばる荷物や重い荷物はこのアイスデーモンたちに背負わせているので、おれたちは楽ができる。

「昨日みつけた村は廃村《はいそん》だったな。アダナキアは百年ほど前に内戦が始まり、以来ずっとユグドラシルとの交易が途絶《とだ》えている。まさか、今もまだ戦争が続いているのだろうか……？」

エルが顔をくもらせた。

「ありえない話じゃないよ。僕の故郷である日本でも、戦国時代ってのがあってさ。えーと、ひとよむなしい応仁《おうにん》の乱で戦争が始まって、一六〇〇年の関《せき》ヶ原《はら》の戦いでいちおうの天下統一が成ったとすると……優に百年以上、内戦が続いたことになるなあ」

ショウが歴史の知識を披露《ひろう》した。もっとも、ニホンという国がどこにあるのか知っているエターナル人はいないし、ニホンがエターナルとはべつの世界にある国なんだと説明してても理解してもらえるかどうかは疑わしい。このへんの事情について、おれはイシュラやレヴィアにまったく説明しないまま旅をしているが、いつかは話さなければならない日が来るのだろうか。

(その日が来たら、二人にどう説明しよう。どんな風に切りだせばいいんだろう)

そう思って二人の顔をちらっと眺めた。

(おや?)

レヴィア、うつむき加減でひどく辛《つら》そうな表情だぞ。

「あれ？　姉様、どうかしたの？　顔色が悪いみたいだけど」

イシュラも気づいたようで、レヴィアの顔をのぞきこんだ。

「ええ、ちょっと」

「休憩《きゅうけい》しよう。ちょうどお昼どきだ」

ほんとうは昼には少し早かったが、おれは宣言して腰《こし》を下ろした。

各自、干し肉や干し果物《くだもの》でかんたんな食事をとる。おれはレヴィアの様子をそれとなく観察していたが、やはり具合が悪そうで、食も進んでいない。

「レヴィア、だいぶ辛そうに見えるが、だいじょうぶか」

「ええ、あの、だいじょうぶといえばだいじょうぶなんですが、その……」

？

(あ、もしかすると……)

気恥《きは》ずかしげに顔をそむけたレヴィアのそぶりから、おれはピンときた。

(これって女の子に特有の、月に一度くる例のアレなんじゃないだろうか？)

おれは姉と妹に挟《はさ》まれて育ったので、重い子だと頭痛や発熱もあることを知っている。

「ショウ、デュラハンを召喚してくれ」

「んっ？　ああ、レヴィアちゃんをおんぶさせるの？」

「そうだ」

すぐに察してくれたところを見ると、ショウの目にもレヴィアは具合が悪いと映っていたのだろう。

「いえ、だいじょうぶです、そこまでしていただかなくても――」

「これはリーダーとしての判断だ。無理はするな。無理をしてさらに容体が悪化してしまったら、かえって足手まといになってしまう」

「……はい」

「んじゃ、召喚するよ。サモンナイトォ！」

ショウが召喚魔法を唱えると、なんでもいうことをきくしもべ、首のない鎧《よろい》の騎士《きし》デュラハンが二体あらわれた。エターナルへ来てからことあるごとに感じているが、魔法使いはつくづく便利な職業《クラス》だ。

「師匠」

と、イシュラがおれの袖《そで》をひっぱった。

彼女の視線はおれではなく東の空へとむけられている。

何事かと注意を払《はら》うと、東のほうから急速に雲がはりだしつつあった。

「なんだか空気が生あたたかくなってきましたね。雨の匂《にお》いがします。師匠、姉様のこともあるし、今日はなるべく早めに旅をきりあげて、雨や風をしのげる場所を確保したほうがいいんじゃないでしょうか」

イシュラは野山を駆《か》け回ってやんちゃに育った少女だ。彼女は、都会育ちのおれやショウよりもずっと、天候の変化に対して敏感《びんかん》だ。

「わかった。じゃあ、出発するか」

おれは食休みを切り上げてみんなをうながした。

＊　　＊

イシュラの言葉にまちがいはなかった。

まもなく、東から吹《ふ》いてくる風は誰《だれ》にでもはっきりわかるほど生あたたかいものになった。それにつれて、空はどんどん雲に覆《おお》われていった。

（これは雨なんてものじゃなく、激しい嵐《あらし》になるかもしれない）

おれでさえそう直感したほど不穏《ふおん》な空模様だった。

雲の層が際限なくぶあつくなってゆく。太陽光がどんどん弱まってゆく。午後三時を回るころには、時間の流れが狂《くる》ってしまったのか？　と首をかしげたくなるほど世界は薄暗《うすぐら》くなっていた。

「まずい、こいつはまずいぞ。おい勇者、はえーとこどっかに腰を落ちつけようぜ」

ラムダがおれをせっついた。

いわれるまでもなく、さっきからずっと雨風をしのげそうな場所を探しているのだが……あいにくこのあたりは砂浜《すなはま》に岩が点々とあるだけの海岸で、これという遮蔽物《しゃへいぶつ》がない。どこかに洞窟《どうくつ》などはないかと必死に目を凝《こ》らしても、そんな都合のいい場所はおろか、ちょっとしたくぼみさえ見当たらない。

そうこうするうちに――。

ぽつっ、と最初のひと粒《つぶ》がおれの頬《ほお》を濡《ぬ》らした。

「うわっ、降ってきちゃったよ！」

ショウが空を見上げてさけんだ。たちまち激しい雨が降り出し、ようしゃなくおれたちをたたき始めた。

「ちょっとぉー！　ショウさんとかラムダとか、雨よけになる魔法ってないのぉー！」

「馬鹿《ばか》いってんじゃねえ、そんなもん、あればもう使ってるに決まってんだろ！」

イシュラの問いをラムダは一蹴《いっしゅう》した。

「くそっ。立ち止まっていては身体《からだ》が冷えてしまうし、とにかく先へ行くしかない。雨をしのげそうな場所を見つけて逃《に》げこもう！」

おれはみんなを励《はげ》まして歩調を速めた。

だが、行けども行けども雨宿りできそうな場所は見つからない。今や空はまっくらで、雨も風も勢いを増すばかり。それどころか、稲妻《いなずま》が閃《ひらめ》き雷鳴《らいめい》が轟《とどろ》き始める始末。大嵐だ！

想像してほしい。過去経験したことがないほどでかい台風がやってきたのに、家もなければ樹木もない荒《あ》れ地を徒歩でてくてく旅している自分の姿を。下着までびしょぬれ、衣服は水を吸って鉛《なまり》のように重い。強風にあおられるため一歩ごとに渾身《こんしん》の力をふりしぼらなければ歩けず、しかもその強風は身体から熱を奪《うば》って疲労《ひろう》を加速させてゆくのだ。

「ぢぐじょぉー！　なんてこったぁー！　朝はあんなにお天気だったのにっつつつ！　誰だよラナルータ唱えたのはっつつつ！」

ショウがさけんだが、雷鳴と強風、荒れ狂う波が打ち寄せるドォーン！　ドォーン！　という暴力的な音にかき消されてほとんど聞こえなかった。おれは「ラナルータは昼と夜を入れ替《か》える魔法で天候変化じゃないだろ」とか「ここはド○クエの中じゃない」とかツッコミを入れたかったが、口を開けるのさえおっくうだった。

とはいえ、おれはリーダーなのだ。こういう時こそ、みんなを励まさなければ。

「こんなのモンスターに出くわすことを考えればたいしたことないぞ！　がんばれ！」

……などと強がりをいってみたが、ほんとうにただの強がりです、すみません、と謝りたくなるくらい心は萎《な》えていた。こんなとんでもない大嵐、台風が毎年やってくる日本生まれのおれでさえ経験したことがない。

(雨や風をしのげる馬車のありがたみがわかるな)

と思ったものの、今ここにないものに思いをはせてもしかたない――。

「ユーゴ。レヴィアの容体が悪い。額に手をあててみたが、かなりの熱を出している！」

そんな中、エルがそばへ来て、雷《かみなり》と風の音に負けないように大声で報告した。PT《パーティ》を率いるリーダーとして、おれはますますあせった。

と……。

「あっ！　師匠《ししょう》、あれを見てください！　あれ、家じゃありませんか？」

イシュラがさけんだ。北東を「ほら」としきりに指さしている。

そちらへ目を転じると、丸坊主《まるぼうず》のなだらかな丘《おか》になにかが建っていた。雨があまりにも激しいので視界は白くけむっているが、目を凝らすとかろうじて赤っぽい色が見てとれた。

（あれは赤い屋根……か？）

はっきりと断言はできなかった。けれど今は藁《わら》にもすがりたい思いだ。おれたちは海岸から離《はな》れて足早に丘を目指した。

近づくにつれ、正体が明らかになった。それは二階建ての、貴族か領主が住んでいそうなほど大きな屋敷《やしき》だった。

「やったあ！　地獄《じごく》に仏ってやつだね！」

「ああ！」

おれとショウはうなずきかわして、さらに歩調を速めた。

＊　＊

激しい雨に打たれておれたち同様ずぶ濡れになっていたものの、屋敷はごく最近建てられたもののように真新しかった。壁《かべ》を構成するレンガは赤茶色でなめらか、屋根は目もさめるような真紅《しんく》だった。

窓からはあたたかみのある黄色い光が漏《も》れている。それを見ただけで、おれたちは九死に一生を得たように安堵《あんど》した。

「すみません、開けてください！　旅の者です！　一夜の宿を貸していただけないでしょうか！」

玄関《げんかん》のわきにはライオンの頭をかたどった真鍮《しんちゅう》製のノッカーがついていた。おれははやる気持ちをおさえ、失礼のないようにていねいにノックしながらさけんだ。

……。

…………。

無反応。

だが、窓から明かりが漏れているのだから、人がいないはずがない。

（雨や雷の音があまりにも激しくて聞こえないのかな？）

おれはもっと強くノッカーを打ちつけた。

「すみません！　この嵐でこまっている旅の者です！　一夜の宿を求めています！」

………。

またしても無反応。

「クソッタレがァ！　もういい、ドアをぶち破って入ろうぜ」

ラムダが短気を起こし、アイスデーモンに命令するそぶりを見せた。

「待て、乱暴なことはするな」

とラムダを制止したものの、おれも内心穏《おだ》やかではなかった。で、ノッカーをもういちどたたき、「すみません！　どなたかいませんか！」と声をからしながらドアノブを握《にぎ》った。

「ん？」

鍵《かぎ》がかかっているのかと思いきや、ノブはなめらかに回った。

押してみると、そのままドアが開いてしまった。よくよく観察すると、このドアには鍵《かぎ》穴《あな》もなければ心張り棒のたぐいもまったくない。家人はかなりおおらかか、さもなければ不用心な人物のようだ。

「開いているの？　じゃあとにかく、中へ入ろうよ！」

「そうしよう」

いちおう、おれは正義の味方の勇者を自任しているので、不法侵入《しんにゅう》は避《さ》けたい。だから家人に了解《りょうかい》をとりたかったのだが、このまま雨に打たれていては風邪《かぜ》をひいてしまうし、第一レヴィアはすでに発熱しているのだ。これ以上、外で突《つ》っ立っているわけにはいかなかった。

（緊急時《きんきゅう》における避難措置《ひなんそち》とわりきろう）

アイスデーモンは大きすぎてドアをくぐれないので外に残し、おれたちは邸内《ていない》へ踏《ふ》みこんだ。

「わあ……！」

玄関から邸内の様子を見渡《みわた》して、イシュラが感嘆《かんたん》の吐息《といき》をもらした。

壁際《かべぎわ》にたくさんの燭台《しょくだい》があり、真昼のように明るい。白と黒のタイルが市松模様《いちまつもよう》に敷《し》きつめられた床《ゆか》は掃除《そうじ》がゆきとどいてチリひとつない。広いホールの中央には、ドラマや映画のセットかと思えるような、大理石製のらせん階段。そこかしこに絵画や壺《つぼ》、騎士《きし》風の全身鎧《よろい》などが飾《かざ》られて、なんとも豪華絢爛《ごうかけんらん》だ。

「ごめんください！　勝手ながら入らせてもらいました！　でも、怪《あや》しい者ではありません！」

　おれは声を張り上げた。

　だが、やはり返事はなかった。

「やむをえない。あがらせてもらおう」

　エルにうながされ、おれはうなずいた。

（んっ？）

　玄関わきに毛皮製の大きな足ふきマットが敷かれていたので、おれは靴《くつ》の泥《どろ》を落とそうとしかけ……その動作を途中《とちゆう》で止めた。

「なに？　どしたの、ユーゴ」

　ショウがいぶかしげにたずねてきた。

「見ろ。このマットに泥をこすり落とした跡《あと》がついている。ということは、まちがいなく誰《だれ》かいるはずなんだが」

「そんなのどうでもいいから、とにかくあがっちゃおうよ。玄関に立っているのもなんだしさ」

「…………」

　おれたちはマットで靴の泥を落とし、ホールへと進んだ。

「あったけえな、生き返るぜ」

ラムダが笑った。

壁際に暖炉《だんろ》があり、炎《ほのお》が赤々と燃えている。暖炉のそばにはコの字形に革《かわ》張りのソファが並んでいた。

「レヴィア、だいじょうぶか？」

エルがたずねたが、返事がない。目を閉じ、ひどく震《ふる》えている。

「レヴィア」

さらにたずねて軽くゆすると、彼女は「寒い……」と蚊《か》の鳴くような声でつぶやいた。

「まずいな。男性陣《じん》は、私がいいというまでむこうをむいていてくれ」

「んん？　なんで？」

「このびしょ濡《ぬ》れの服を着たままではまずい。服を脱《ぬ》がせて毛布でくるみ、ソファに寝《ね》かせようと思う。イシュラ、手伝ってくれ」

「うん。でもあたしたちの毛布、びしょ濡れじゃない？」

「いや。私が使っている毛布は魔法の生地《きじ》でできていて濡れないのだ」

「あ、そうなんだ」

「ショウ。私がいいというまでむこうをむいているんだぞ」

　エルはショウをじっと見つめて特に念を押した。

「え。ああ、うん。てゆーか僕って、信用ないんだなあ」

　ショウはあやふやな笑《え》みを浮《う》かべた。隙《すき》あらばチラッと！　という考えがあからさまに顔に出ている。

　エルとイシュラはデュラハンの背からレヴィアを下ろした。おれたちはいわれた通り、女性陣に背をむけた。

「いいぞ」

　振《ふ》り向くと、毛布にくるまれてミノムシみたいになったレヴィアがソファに横たえられていた。

「ショウ、ちょっと手伝ってくれ。ソファをもう少し暖炉に近づけよう」

「オッケー」

　おれとショウでソファを少しずらす。

　そのため、ガタガタと大きな音がした。

　けれど、あいかわらず家人がやってくる気配はない。

「すみませーん！　どなたかいませんかー！」

　改めて声を張り上げてみたが、やはり返事はない……。

「おかしいな。マットには泥を落とした跡があったし、暖炉の火がこれだけ燃えているんだから、この家には人がいるはずだ。ひょっとして、山賊《さんぞく》かモンスターが来たと思って怯《おび》えながら隠《かく》れているのかな」

おれは首をひねってしまった。

「外出中じゃねーのか？　台風が来るとよ、嵐《あらし》を見物しにわざわざ外へ出かけるアホが必ずいるだろ。つうかよぉ、雨と風でえらく疲《つか》れちまったぜ。飯にしようや、飯に。こんだけでかい家なら、どっかに食料があんだろ。調理場もあるはずだ。探そうぜ」

「あっ、おい！　まずは家の人の了解をだな――」

制止したおれを無視して、ラムダはホールの左手にあるドアを開けた。

すると、食欲《しょくよく》をそそるいい香《かお》りが流れてきた。

「うおっ！　おい見ろ、すげーぞ！」

ラムダはドアのむこうを見て顔をほころばせた。匂《にお》いにつられて、おれたちはいっせいにラムダのそばへいった。

「うわっ、なにこれ、すげえ！」

「あああ！　いろんな料理があるぅ！」

シヨウとイシュラも大声をあげた。

そこは広々とした食堂だった。純白のテーブルクロスが敷かれた長いテーブルの上に、屋敷の品格に釣《つ》りあう豪華な料理がどっさり並んでいる！　スパイスが香る鳥の丸焼き、銀製の壺に入ったコーンスープ、温野菜のサラダ、果物《くだもの》がもられたかご、さまざまな具をはさんだ色とりどりのサンドイッチ、果てはワイングラスに酒瓶《さかびん》まで……！

しかも、イスの数はおれたちの人数にあわせたかのように六つ！　それぞれのイスの前にナイフやフォークや皿が用意されている！

「うっひょぉー！　いただきまぁーす！」

ショウはただちに食卓《しょくたく》につき、サンドイッチをひっつかんで口へ運んだ。

「うんまァーい！　焼きたてのピリ辛《から》お肉と新鮮《しんせん》なシャキシャキレタスのハーモニィー！」

「おいおい、ちょっと待て！」

疲労《ひろう》と空腹でおれもあやうく誘惑《ゆうわく》に負けるところだったが、かろうじて理性が勝った。

「こんな作りたての料理があるってことは、やっぱりこの家には誰かいるんだ。勝手に食べてはだめだ！」

「ハァ？　アホか、いい子ぶってんじゃねえ！　こんだけの料理を目の前にして我慢《がまん》できるかよ！　だめだっつっても、おれは食うからな」

ラムダはドカッとイスに座り、おれに挑戦《ちょうせん》的なまなざしをむけながら鳥の丸焼きを荒《あら》っぽくナイフで削《そ》ぎ落とし、口へほうりこんだ。

「うめぇ！　こりゃうめぇ！　おい、お前らも食ってみろ、絶品だぞこいつは！」

「あのう、師匠《ししょう》。ラムダに同調するわけじゃないけど、あたたかい食べ物があるのはありがたいですよ。運んで姉様に食べさせてきます。いいですよね？」

イシュラが上目づかいにおれを見ながらおうかがいをたてた。

「あ……そうか、そうだな……。わかった。じゃあイシュラ、レヴィアのことはまかせた。みんなは先に食べていてくれ。おれは家の人を探して、ひとことあいさつしてくるから」

損な役回りだが、誰かがこういう役目を引き受けないとな。

「うーん……。じゃあさ、ユーゴ。僕も一緒《いっしょ》に行くよ」

と、意外なことにショウが立ち上がった。

「いや、いいよ。先に食べていてくれ」

「いいから、いいから。僕も一緒に行く」

「そうか？」

「うん。あ、でもちょっと待って」

ショウはいそがしくサンドイッチをふたつほど口につめこみ、スープで飲みくだすと、ビッ！　と親指を立てた。

おれは微笑《びしょう》せずにはいられなかった。普段《ふだん》はふまじめでも、こういう時、ちゃんとつきあってくれるのがショウのいいところだ。封印《ふういん》の洞窟《どうくつ》でも、おれに加勢するべく駆《か》けつけてくれた。欠点もいろいろあるが、ショウはおれの友人で、そして——いいやつだ。

「まずは一階を調べてみよう」

おれは食堂を出てホールへもどった。

家人を探す前に、まずはソファへ。おれの影《かげ》が落ちると、レヴィアはぽっかりと目を開けた。

「ユーゴさん、ここは……？」

「大きな屋敷《やしき》を見つけたので、あがらせてもらったんだ。今、イシュラが食べ物を運んでくるから」

「すみません、ごめんどうおかけして」

「気にするな」

毛布にレヴィアの身体《からだ》のラインが浮かびあがっていて、みょうになまめかしい。腰《こし》のあたりへ視線が吸い寄せられてしまう。なんだか気恥《きは》ずかしくなってきたので、おれはすぐに背をむけた。

ホールには玄関《げんかん》から見て左手、正面、右手、三つのドアがある。左手にあるドアの先は食堂と判明しているわけだ。

（さて、と）

まずは玄関正面のドアを開けてみた。

「ここは調理場か」

「そのようだね」

食堂がそうであるように、かなり広いつくりだ。かまどがあり、大きな鍋《なべ》や薬缶《やかん》が棚《たな》に整然と並んでいる。

しかし、人の気配はない。

（人が隠れられそうな場所というとかまどの中くらいか？）

ためしに覗《のぞ》きこんでみたが、誰もいなかった。

ホールへもどって、今度は玄関右手のドアを開ける。

「なんだろう、サンルームってやつ？」

「そんな感じだな」

その部屋は食堂よりもさらに広々としていた。窓がかなり大きく、天気のよい日なら光にあふれていることだろう。調度品は小さな丸テーブルとイスがふたつあるきりで、テーブルにはケースに入ったバイオリンが置かれている。おれはなんとなく、品の良い上流階級の暮らしを連想した。

室内には誰もおらず、また、人が隠れられそうな場所も見当たらない。

「となると、家の人は二階か」

「なあ、ユーゴ」

ショウが眼鏡のつるに手を触《ふ》れて、ためらいがちに口を開いた。

「なんでこの家、人がいないんだろう。その……」

「ちょっと気味が悪いよな」

「…………」

「冗談《じょうだん》だよ。とても早寝《はやね》する一家で、もう寝室《しんしつ》でぐっすり眠《ねむ》っている、そんなところじゃないかな」

おれはそういって笑ったが、内心ではショウと同様、（気味が悪いな）と思い始めていた。

メアリー・セレスト号という船にまつわる伝説を聞いたことはあるだろうか？　十九世紀、ポルトガルの沖合《おきあい》を漂流《ひょうりゅう》していたのを発見された船で、船内には食べかけの朝食が残っていたのに人の姿はまったくなかった、という伝説だ。

おれはオカルト好きではないが、さりとてオカルト嫌《ぎら》いでもない。バ◯オや零《ゼロ》やサ◯レントヒルなどホラーゲームの名作はひととおりプレイしている。

だが、自分がホラーゲームの世界に入りこんでしまった、なんてシチュエーションは勘《かん》弁《べん》願いたいと思っている。そんなシチュエーション、想像するのさえ恐《おそ》ろしい。

（この大きな屋敷には人の気配がまったくない。なぜだ？　ラムダがいったように家人はこの大嵐《おおあらし》を見物しに出かけていただけ、なんて他愛もない理由で説明がつけばいいんだが）

おれは不測の事態が起こっても対応できるように、剣《けん》の柄《つか》に手をかけた状態でそろそろとらせん階段をのぼっていった。ちなみにこのらせん階段には金箔《きんぱく》が貼《は》られた手すりがついており、屋敷の豪華《ごうか》さに拍車《はくしゃ》をかけている。

のぼりきった先は、らせん階段を中心に広がる六角形の部屋だった。六つの辺、そのすべてにドアがある。

「一階にくらべると燭台《しょくだい》の数が少なくて薄暗《うすぐら》いね」

「ああ」

「ライト！」

ショウが呪文《じゅもん》を唱えると魔法《まほう》の光球があらわれた。不思議なもので、明るくなるとそれだけで不気味さが少し緩和《かんわ》された。

「これでよし、と。それにしても静かだなあ。二階も人の気配がないよ……」

かすかに声が聞こえてくるが、それは一階の食堂から聞こえてくる声だ。イシュラが「おいしー!」とか、ラムダが「おい、これもうめーぞ!」とかいっている。

「それで、ユーゴ。どの部屋から調べる?」

「ひとつずつ当たってみるさ」

おれは正面のドアから順に、時計回りに開けてゆくことにした。家人を驚《おどろ》かせるといけないので、きちんとノックをして、紳士《しんし》的に——。

最初の部屋。ここは衣装《いしょう》部屋のようだ。衣装棚がたくさんあり、引きあけると男物、女物、様々な衣装がつまっていた。

次の部屋。ここは書斎《しょさい》のようだ。デスクの上にはインク壺《つぼ》と羽根ペンがあり、周囲の壁《かべ》は本棚で埋《う》まっていた。

三番目の部屋。ここは一階のサンルームと似たような作りで、観葉植物の鉢《はち》がいくつかあるほか、広いテラスへ出るガラスの引き戸があった。風雨はあいかわらず激しく、雨滴《うてき》がバチバチと荒々《あらあら》しく引き戸をたたいている。

ライトの魔法の光は、テラスまで届かない。だが、稲妻《いなずま》が断続的にひらめいて、テラスを青く照らす。その一瞬《いっしゅん》に目を凝《こ》らしてわかったのだが、テラスにはなにも置かれておらず、また誰《だれ》もいない。

四番目の部屋。ここは子ども部屋のようだ。小さなベッドがあり、ぬいぐるみや積木がその周囲に転がっている。おれは試みにベッドを触《さわ》ってみたが、ぬくもりはまったく感じられなかった。

五番目の部屋。ここは物置らしく、雑多な品々が積み上げられていた。人が隠《かく》れられるような物陰《ものかげ》もあるにはある。が……のぞいてみたり、声をかけたりしてみたが、誰も発見できなかった。

そして六番目の……最後の部屋――。

「ショウ。屋根裏部屋へ続くハシゴとか、そういうのはなかったよな？」

「なかったよ。もし人がいるとすれば、あとはもうこの部屋しかない」

おれはドアをノックした。

返答はない。

ドアに耳を寄せてみたが、物音は聞こえてこない。

ガラガラッ！

突然《とつぜん》、ひときわ大きな雷鳴《らいめい》がとどろいた。おれはびくっとして身体をすくませた。

モンスターのような目に見える危険に相対した時とはまったく別種の、得体の知れない恐怖心《きょうふしん》が芽生えている。

(びびるな！　しっかりしろ！)

自分を励《はげ》ましてドアノブに手をかけた。

(けれど、もしこの部屋にさえ誰もいなかったら？　それは何を意味するんだろう……)

「失礼します」

ひと声かけて入室した。

そこは……寝室だった。

天蓋《てんがい》つきの大きなベッドが、でんと置いてある。

(ん？)

最初、ベッドの上にあるそれがなんなのか、おれはわからなかった。あまりにも場ちがいかつ予想外なしろもので、脳が正常に認識《にんしき》できなかったんだと思う。

(うっ！)

一瞬の間を置いて、それの正体がわかった。

「う……うわあああああああ！」

ショウが屋敷中に響《ひび》き渡《わた》るような悲鳴をあげた。

ベッドの上には、人間の死体と思われる物体が仰臥《ぎょうが》していた。

衣服は血まみれで真っ赤。ベッドにも赤いしみが広がっている。殺される前に抵抗《ていこう》したのか、右手には剣が握《にぎ》られている。

顔は鈍器《どんき》でめちゃくちゃに殴打《おうだ》されたか、さもなくば酸かなにかで焼かれたようにぐちゃぐちゃで、目鼻がまったくわからなかった。

＊　＊

こ、こ、これはなんだ！　いったいなんなんだ！　なぜ死体が！

「うわあああああああ！」

「ああああああああああ！」

おれとショウはダッシュで、それこそもう、階段を踏《ふ》み外《はず》して転がりおちそうな勢いで階下へもどった。

「おい、なんだ！　なにがあった！」

おれとショウの悲鳴を聞きつけ、ラムダたちはすでに食堂からホールへ飛び出してきていた。

「し、ししっ、し、し——」

ショウはまともに発声できず目を白黒させた。

「死体があったんだ！」

おれはさけんだ。

「二階の寝室に、家人のものと思われる死体があった！」

おれは激しく震《ふる》えていた。エターナルへ来てからこっち、けっこう修羅場《しゅらば》をくぐってきたつもりなのだが、それでも怖《こわ》いものは怖い。というより、今おれが感じているこの恐怖は、戦場で感じるタイプの恐怖とは明らかにべつものだ。都市伝説、幽霊《ゆうれい》、オカルト、怪談《かいだん》、そういう種類の恐怖だ。

「なんだって！　それはひょっとして、誰かに殺されたらしい、という意味か？」

エルの言葉におれはうなずいた。

「ああ、そうだ。そうとしか思えないほど損壊《そんかい》した無惨《むざん》な遺体だった。しかも手には剣が握られていて、死の直前、何者かと戦った様子だった。病死や自然死や自殺じゃない！　この屋敷《やしき》には、おれたちが来る直前までたしかに人がいたんだ！　だから暖炉《だんろ》に火が入り、料理も用意されていた。しかし、家人は何者かに殺されてしまったんだ！　殺人犯は、まだこの屋敷のどこかにひそんでいるかもしれない！」

おれの脳裏《のうり》には、弟○草やかま○たちの夜といった、閉鎖《へいさ》空間で恐るべき事態に巻きこまれるホラーゲームのタイトル名が次々によぎっていた。ああ、なんてこった。ゲームとしてプレイするぶんには恐怖は娯楽《ごらく》にすぎない。でも、わが身にふりかかった恐怖は、恐怖以外の何物でもない！

「は、ははっ、犯人は！　犯人は！　犯人は……きっとこの中にいるんだ……そうにちがいない……それがお約束の展開なんだ……怪《あや》しいのはヤスだ……」

ショウが歯をかちかち鳴らしながらうわごとのようにつぶやいた。目つきがおかしい。

「落ちつけ、ショウ！」

エルが語気鋭《するど》くしかりつけた。

「いいか、落ちつくんだ。君はＬＶ《レベル》58のウォーザードだ、そうだろう？」

「う、うん」

「たとえ邸内《ていない》に殺人犯がまだ潜《ひそ》んでいたとしても、君の魔法をもってすれば撃退《げきたい》は容易だ、そうだろう？」

「あ……。そういえば、その、そうだったね」

ショウの瞳《ひとみ》には、急速に理性の光がもどってきた。

（あ、そうか。この世界でのおれはＬＶ78のゴーデスナイトだった）

おれもそのことを思い出してわずかに緊張《きんちょう》がやわらいだ。というか、そんなことさえ失念してしまうほどおれは恐怖していたのだ。

「よし……。もう一度、その死体とやらを拝みにいこうぜ」

ラムダが指をぼきぼき鳴らした。

「えっ？　死体を？　な、なんで？」

イシュラが目を丸くして聞き返した。

「なんでって、どんな死体なのかよく調べておくべきだろーが。剣で斬《き》られて死んだのなら、殺したやつは戦士職だ。爪《つめ》や牙《きば》のあとがあるならモンスターのしわざだ。焼かれてるなら魔法使いが殺《や》ったのかもしれねえ。そういうことがいろいろ推測できるだろ」

なるほど、もっともな意見だ。死体を見たことは見たが、おれもショウも理性が吹《ふ》っ飛んでしまって、そういう細かな点を観察していない。

しかし、あの死体をもう一度見にゆくのか？　考えただけでぞっとする……。

「おい、どうした。勇者ってのは、勇気ある者とかくんだぜ。びびってんのか？」

おれの顔にためらいがあらわれていたのだろう、ラムダは鼻を鳴らした。

「そんなことはない」

おれはむっとしていいかえした。

「ラムダのいうことはもっともだ、死体を確認しにゆこう。だが、ショウはここに残れ。

殺人犯はまだ邸内のどこかに潜んでいるかもしれない。ショウはここでレヴィアを守るんだ、いいな」

「わかったよ。デュラハン、来てくれ」

ショウは玄関《げんかん》のわきに立たせていた鎧《よろい》の騎士《きし》をソファのそばへ招き寄せた。

レヴィアはというとこの騒《さわ》ぎにまったく気づかず眠《ねむ》っている様子だ。熱が出ているせいだろうか。

「よし……いこう」

おれはなにが起きてもいいようにスカーレットドラゴンを鞘《さや》から抜《ぬ》きはらった。

(しっかりするんだ！　LV78のゴーデスナイトであるおれ、そしてこの魔剣《まけん》の絶大な攻《こう》撃《げき》力があれば、なにを怖がることがある！)

剣の柄《つか》を強く握り、勇者の魂《たましい》をとりもどそうと努めた。けれど、恐怖心は粘《ねば》っこくて、どうしても完全に消し去れない。

おれは喉《のど》を大きく上下させて生唾《なまつば》を飲みこむと、さっき以上にそろそろと階段をのぼっていった。ラムダが、エルが、イシュラが、無言で後についてくる。

「……この部屋だ」

階段をのぼりきると、おれは剣の切っ先でドアを示した。ドアは開けっぱなしだが、死体が仰臥していたベッドは入室しないと見えない。
「いくぞ」
なぜと問われてもこまるが、その寝室《しんしつ》にまだ殺人犯が潜んでいる——そんな気がして、
そろそろと室内へ踏みこんだ。
……。
……？
？？？
——！
「それで、死体ってのはどこだ」
ラムダが眉《まゆ》をひそめてたずねた。
（なんだ、これは）
そんな馬鹿《ばか》な。
おれは天蓋つきの豪華《ごうか》なベッドを穴が開くほど見つめた。
死体がない。
「馬鹿な！」
おれは大声をあげていったん部屋の外へ出ると、階段までもどって振《ふ》り返った。

この部屋でまちがいない。

おれは再び寝室へ飛びこむと、ベッドをまじまじと見つめた。

「そ、そんな！　どうしてだ！　この部屋でまちがいない！　ここに死体があったんだ！　うそじゃない！　ショウもはっきり見てる！　なのに……」

なんで？

とにかく死体は消失していた。そうとしかいいようがない。ないものはない！

ただ、シーツや枕《まくら》には、恐《おそ》ろしい殺人事件を想起させる血のしみがまだ残っている。

「どうしたんだー！　なにかあったの？　どうしたんだよー！」

おれの狼狽《ろうばい》した声を聞いたのだろう、階下からショウが大声でたずねてきた。

「死体がない！　なくなっている！　消えてしまった！」

おれは手でメガホンをつくってさけびかえした。自分が発した言葉なのに、他人が発した言葉のように感じられた。

「うそぉ！　ど、どういうことだよー！」

「ショウはそこを動くな！　あくまでレヴィアを守っているんだ！」

「りょ、了解《りようかい》～」

おれは肩《かた》で息をしながら、おずおずと手を伸《の》ばしてベッドを触《さわ》ってみた。

幻影《げんえい》のたぐいではない。ふっくらとした弾力《だんりょく》が指を押し返してくる。これは夢ではなく、現実だ。

「え？　え？　死体がない？　なんですか、それ。どういうことなんですか？」

イシュラがおれを不気味そうな目つきで眺《なが》めている。

「どうもこうもない！　さっきまでここに死体があったんだ！　たしかだ！　ほら、ここに血のしみがあるだろう？　ここにあったんだよ、死体が！」

「は、はあ」

たぶん、おれは目を血走らせていたはずだ。イシュラは逆上気味のおれを目の当《ま》たりにして、少しひいている様子だった。

「ユーゴ。ひょっとして君は、私たちをかつごうとしているのではないだろうな？　この血のしみと見えるものはじつは絵の具だった、なんてオチではないだろうな？　いつぞやの島での悪戯《いたずら》のように、ショウと組んでうそをついているのでは――」

「うそなんかつかない！　ここに、このベッドに、さっきまで死体があったんだ！」

エルまでが疑わしげな目をむけてきたので、おれはやっきになって主張した。

「おいおい、勇者よぉ。てことは……この屋敷に、おれたち以外に誰《だれ》かがいるってことだぜ。ここに何者かに殺されたと思《おぼ》しき死体があった。つまり殺人犯がいる。殺人犯が死体

を移動させた、そういうことなんじゃねえのか?」

ラムダが恐ろしいことをいった。

「死体を? 移動させた? なんのために?」

「おれが知るか。でもよ、推理小説とかだと定番のパターンだろ。犯人は犯行現場にもどってくる、ってやつだ。つまり──犯人を特定する証拠《しょうこ》とか、そういうのを回収しに来たんじゃねえのか?」

なんとなく、納得《なっとく》できそうな話にも思える。

「だが、おれとショウがこの部屋で死体を目撃して階下でみんなにそのことを報告し、ここへもどってくるまでせいぜい二、三分しかなかったはずだ。そんな短時間で死体をおれたちに気づかれることなくどこかへ移動させるなんて、可能なんだろうか……?」

「さあな。だがよ、なんかこう、特殊《とくしゅ》な魔法とかを使えば可能なんじゃねえか」

うっ……。

そうか、ここは日本じゃなくてエターナルだ。

魔法という超常的《ちょうじょうてき》かつ反則的な力が存在している世界だ。

(しかし、たとえ魔法を使ったとしてもごく短時間で死体を移動させるなんて可能だろうか? いや、そもそも死体を移動させるなんて、なぜそんな面倒《めんどう》なことを……?)

おれは考えこんでしまった。

「ひょっとしたら、殺人犯は一人ではなく複数なのかもしれないぞ。一人では無理でも、二人がかりなら……と考えることもできる」

エルが思案顔でいった。彼女の長い耳は天敵を警戒《けいかい》するウサギのようにピンと立っていた。

「じゃあ、師匠《ししょう》。この二階を徹底的《てっていてき》に調べませんか？　二階から一階へおりてきたのはユーゴさんたちだけです。てことは犯人が隠《かく》れているなら、それはこの二階ってことですよね？　殺人犯がいては、今夜ひとばん安心して眠ることができません。あたしたちの手でつかまえちゃいましょうよ！」

イシュラが勇ましいことをいいだした。

おれは得体のしれない恐怖《きょうふ》に心臓をつかまれ、きりきりと締《し》めあげられていた。けれど、自分より年下でLV《レベル》もずっと低い少女にこういわれては、「そんなの怖《こわ》いからやめよう」とはいえない。

「よ、よし。だが、ひょっとしたら殺人犯はかなり高LVの強力な魔法使いかもしれない。バラバラになるのは危険だ。全員で、ひと部屋ずつ探索《たんさく》してゆこう」

先にも述べたが、二階は六部屋。広い屋敷《やしき》なのでどの部屋もかなりつくりが大きいが、それにしたって捜《さが》す場所は限られている。

おれは内心びくびくしていたが、かっこつけたがりの気質ゆえに毅然《きぜん》とした風を装《よそお》い、ひと部屋ひと部屋調べていった。

「屋根裏部屋や隠し部屋があるかもしれない。壁《かべ》や天井《てんじょう》もよく調べてくれ」

そうみんなにいいつけ、おれ自身も目を皿のようにして、ささいな異常も見逃《みのが》すまいと隅々《すみずみ》まで調べてゆく。

だが……。

おかしなところは、これといって発見できなかった。

殺人犯どころか、あったはずの死体さえ、どこにも見当たらない。

雨に濡《ぬ》れるのもかまわずガラスの引き戸を開けてテラスにも出てみた。ごうごうと吹《ふ》き荒《あ》れる風の中、目視するだけでは気がすまず、テラスを隅から隅まで歩いてみたのだが、人影《ひとかげ》はまったくなかった。

「どういうことだろう。おれとショウが目撃した死体。だが、もどった時には忽然《こつぜん》と消えていた。なのに、この二階には誰もいないし、移動させたはずの死体も発見できないなんて」

おれは頭を抱《かか》えてしまった。

不気味すぎる！　もうこの際、犯人捜しなんかやめて、すぐにこの屋敷を出たい。だが、無情にも嵐《あらし》はいっこうに止《や》む気配がない……。出たいのに出られずここで一夜をすごさなければならないなんて。ああ、これはホラーゲー定番のパターンだ……。

「その殺人犯はよ、テラスから死体を投げ落としたんじゃねーのか？　落とせばドサッ！と物音がするだろうが、なんせ今夜は風や雷《かみなり》の音がすげーからな。その音はおれたちにはまったく聞こえねえ。で、殺人犯は自分もテラスから飛び降りて外へ逃《に》げた。これくらいしか説明つかねーぜ。もっとも、お前とショウが夢でも見たんなら、それ以前の問題だがな」

ラムダはそういったが、おれと同様に不気味だと感じ始めたのだろう、言葉づらとは裏腹に、おれを馬鹿にした様子は微塵《みじん》もなかった。

「あのう、師匠。あたし子どものころ、かくれんぼがすっごく得意だったんです。で、あたし、鬼《おに》の様子をこっそり物陰《ものかげ》で見ていて、鬼がもうすでに調べた場所へ移動して隠れるっていうのをよくやっていたんですけど、それじゃありませんか？」

イシュラが、二階に潜《ひそ》んでいる（と思われる）殺人犯に聞かせるように大声でいった。

「つまり、おれたちが部屋を順番に調べているのを殺人犯はどこかで観察していて、こっそりと、おれたちがすでに調べた部屋へ移動していたんじゃないか、と？」

「はい」

……しかし、おれたちの誰にも気づかれず、そんなことができるのだろうか……？

まあ確かに、雨、風、雷がやかましくて物音に気づきにくい状況《じょうきょう》ではあるんだが……。

「では、その可能性を考慮《こうりょ》して、もう一度二階の部屋を調べてみるか？　階段からなら、すべての部屋のドアを見張っておくことができる。誰かが階段のわきに立って見張り役をし、ほかの者が部屋を――」

エルが提案した、その時！

ウワアアアアアアアアア！

階下から、ものすごいさけび声が聞こえてきた。

＊　　＊

「なんだ、どうしたっ！」

おれは剣《けん》を握《にぎ》りしめ、ダッシュで階下へ降りると、ソファへ突進《とっしん》した。

ソファのわきにはデュラハンが二体、静かに立っている。そのそばで、ショウが泣き出しそうな顔をしていた。

「ショウ！　なにがあった！」

「い、い、い……」

「落ちつけ、落ちついて話せ！」

「いなくなっちゃったんだ！　レヴィアちゃんが！」

えっ！

ソファの上からは、彼女をくるんでいた毛布ごと、レヴィアの姿が消え失《う》せている……。

「どういうことだ、お前、ここで見張っていただろう！」

「そ、それが……それが……暖炉《だんろ》のそばはあたたかくて、その、うとうとしちゃって……」

「なんだと！　なんのためにショウをここに残したと思ってるんだ！」

「ごめん……ごめんよ……。でも、ほんの少しうとうとしただけなんだ……。はっとして、起きたら、もうレヴィアちゃんはいなくなってて……」

そんな。

まさか、殺人犯がレヴィアを？

ショウがほんの少しうたたねしたその隙《すき》に、音もなく連れ去ったのか？

「姉様！　姉様ー！」

イシュラがありったけの声でさけんだ。屋敷中のどこにいようが聞こえるほどの大声だった。

もしレヴィアが目を覚まして自分でどこかへ行ったのなら、確実に聞こえたはずだ。

だが、返事はない。

「捜すんだ。いいか、レヴィアを捜すんだ！」

おれは心を侵食《しんしょく》しようとしている恐怖を打ち払《はら》うため、ことさら大声でいった。

「ショウ、ここに待機していろ。いいか、今度は絶対に眠《ねむ》ったりするんじゃないぞ。階段から目を離《はな》すな。誰かが二階へあがったりしないか、あるいは二階から誰かが降りてきたりしないか、見張るんだ。いいな！」

「わかった。今度こそ、ちゃんと見張ってるよ」

「いや、待て。ただ単に見張るだけでは心もとない。もっと念を入れるべきだ。ひょっとしたら、家人を殺害しレヴィアをさらった犯人は、インヴィジブルの魔法が使えるのかもしれないぞ」

エルが口を挟《はさ》んだ。

「あっ、そうか、インヴィジブルの魔法！　あれを使えば術者は姿を消せるな」

いまさらながら、おれはそのことに気づいた。ちなみにこの魔法はショウも習得している。

けれど、インヴィジブルは習得するための魔法書が激レアで、しかも高LVの一部の魔法職しか習得できない。

すなわち、もし犯人がインヴィジブルを習得しているなら、そいつはかなりの高LVで、荒《あら》っぽいことになったら危険な相手であることを意味している。

「よし、ショウ。デュラハンの一体を階段に、もう一体は玄関《げんかん》に立たせてくれ。出入り口を物理的に封鎖《ふうさ》してしまうんだ。姿は消せても、存在まで消せるわけじゃないからな。こう雨や風がやかましくては難しいかもしれないが、物音にもできるだけ注意を払ってくれ」

「わ、わかった」

おれの指示を受けて、ただちにショウがデュラハンを移動させる。

「おれたちは手分けしてレヴィアを捜す。一階から二階へのぼってきたやつはいないから、レヴィアと、レヴィアをさらった犯人は一階のどこかにいる！　だが、見つけたらすぐに仲間を呼べ、危険な相手かもしれないからな！」

「はい！」

「まかせろ」

「勇者、てめーも油断すんじゃねえぞ！」

おれたちはうなずきかわして、あわただしく一階の探索《たんさく》を始めた。

一階は階段や暖炉やソファがあるホールを中心に、玄関から見て左が食堂、正面が厨房《ちゅうぼう》、右がサンルームっぽい部屋という構造だ。

すべてのドアを開け放しにして、「レヴィアー！」「姉様ー！」「おーい！」と声を張り上げながら捜した。とにかくもう、犯人捜しは二の次だ。最低限、レヴィアの安全だけは確保しなければならない！　それも可及的速《かきゅうてきすみ》やかに！

だが。

だが――。

「いたか？」

「いればとっくにそういってるぜ」

「こっちにはいない」

「姉様、どこにいっちゃったんだろう。広い屋敷だけれど、でも、人が隠れられる場所なんて限られてるのに！」

くっ……。

なぜだ！

「壁や床《ゆか》はたたいてみたか？　隠し部屋や秘密の通路、地下室へ続く階段、そういうものは――」

「おれが捜した限りじゃ、ないぜ」

「私もその手の仕掛《しか》けがあるのではと怪《あや》しんでいるのだが……」

おれたちはホールで互《たが》いに顔を見あわせ、あせりを募《つの》らせるばかりだった。

「これだけ邸内《ていない》を捜してもだめとなると、あとは……外か」

おれは玄関へ視線をやった。

「外……。レヴィアをさらった犯人は、ショウがうたたねしている隙に彼女を連れて外へ出たというのか？」

エルは「それはない」といいたげだった。

彼女のいわんとするところは理解できる。もし誰《だれ》かが玄関のドアを開け放てば、とたんに風雨がどっと吹きこむはずだ。うたたねしていたショウが、それでも目を覚まさなかったとはちょっと考えにくい。二階にいたおれたちの耳にも、嵐の音が盛大《せいだい》に聞こえたはずだ。実際、二階を探索していた際、テラスへ出るためにガラスの引き戸を開けたら風が吹きこんで大きな音が聞こえたのだから、まちがいない。

「屋敷《やしき》のどこにも犯人やレヴィアや死体が見当たらない。そうなると、消去法で外が怪しいと考えざるをえない」

とおれはいったものの、本音をいえば外へ出て犯人やレヴィアを見つけられる自信はなかった。

しかし、だからといってなにもせずにいられる状況ではないのだ。

「ショウ、エル、イシュラ、ここに残れ。いいか、おれたちがもどるまで絶対にここを動くな。ラムダ、おれと一緒《いっしょ》に外を調べるぞ。いいな？」

「おう！」

ショウが玄関の前で通せんぼしていたデュラハンをわきへやる。おれとラムダはうなずきかわして外へ出た。

＊　＊

豪雨《ごうう》。稲光《いなびかり》。雷鳴《らいめい》。そして、身体《からだ》ごと持ってゆかれそうな強風。

嵐《あらし》はますます勢いを増していた。玄関からは長いひさしが伸《の》びていたが、そんなものはまったく役に立たず、おれとラムダはたちまちずぶ濡《ぬ》れになってしまった。

もうすっかり夜だ。魔《ま》や妖《あやかし》がどこかからこちらを見つめている、そんな気がしてくるのはおれの心の弱さゆえだろうか。

（ん？）

おれはあるはずのものがないことに気づいてあせった。

「ラムダ！　外で待たせていたはずのアイスデーモンはどうした？　いなくなっているぞ！」

すわ、殺人犯のしわざか？　とおれは考えたのだが、ラムダは「そうじゃねえ、召喚《しょうかん》時間が切れて消えちまっただけだ」といった。

「あ、そうか。なるほど」

「らしくねえ、びびってんじゃねーよ。ライト！」

ラムダは魔法の明かりを灯《とも》し、しゃがみこんだ。

「チッ。足跡《あしあと》とか、そういう証拠《しょうこ》は残ってねえな」

玄関の前には、幅《はば》のある石の階段がある。段数はわずか四段。

おれたちが屋敷へやってきたとき、泥《どろ》だらけの足跡がこの階段についたはずだ。けれど、激しい雨と風によって、それはもうとっくに洗い流されていた。

（足跡……。そういえば屋敷に入ったときに気づいた足ふきマットの泥。あれは外からこの屋敷へやってきた殺人犯のものだったんじゃないか？）

そんなことをいまになって思った。

「周囲の地面も雨でぐちゃぐちゃだな。かりにレヴィアを背負った殺人犯が外へ出たのだとすれば、二人分の重量で深い足跡がつくはずなんだが……。この嵐では、それさえもすぐに消えてしまうな」

「だな。足跡を探すのは不可能だぜ」

「じゃあ、おれはこっちからゆく。ラムダはそっちから捜《さが》してくれ」

「おう」

おれは右、ラムダは左へと分かれた。

おれはスカーレットドラゴンを手に、壁《かべ》にぴったりと張りつくようにして進んだ。

稲光がかなり短い間隔《かんかく》で閃《ひらめ》く。そのたびに世界が青い光で染まる。おかげで、ライトの魔法がないおれでも、じゅうぶんな視界を確保できる。

(レヴィア。無事でいてくれ!)

おれに好意を抱《いだ》いている、美しく気立てのよい少女。

絶対にとりかえすんだ、と自分にいいきかせた。

(それにしても――)

周囲を見渡《みわた》すと、この屋敷が見晴らしのよい丸坊主《まるぼうず》の丘《おか》にぽつんと建っていることがよくわかる。

つまり、人間が隠《かく》れられそうな場所は周囲にまったくないのだ。穴でも掘《ほ》れば話はべつかもしれないが……。

（誰かが隠れているとすれば、それはやはり邸内じゃないのか？）

胸騒《むなさわ》ぎがしてきた。邸内に残してきたエル、ショウ、イシュラはだいじょうぶだろうか？　外の探索はなるべく早く切り上げて、邸内へもどるべきではないのか？

といって、外に犯人やレヴィアがいる可能性も捨てきれない。

（落ちつけ。あせりは理性を溶《と》かしてしまう。今はひとつずつ可能性をつぶすことに専念しよう）

おれは必死にあせりを押し殺し、どんな小さな異変も見逃《みのが》すまいと目を見開いて少しずつ進んだ。

やがて屋敷の裏手……玄関とはちょうど反対側までやってきた。

ここには金属製の大きな焼却炉《しょうきゃくろ》らしきものがあった。

ゴミを入れる穴がぽっかりと開いている。人間が入れるくらい大きな穴だった。焼却炉全体の大きさから考えると、中に二、三人は隠れられそうに思える。

（ラムダがここへ来るまで待つべきだろうか？）

やや迷ったが、意を決して中を覗《のぞ》きこんだ。

暗い穴だ。なにも見えないが、こんな場所に人が隠れていれば呼吸音や気配がするはずだ。

(なにもない。誰もいない)

思い切って、もっと深く首を突《つ》っこんでみた。

だが、やはり誰もいないようだ。

念には念を入れようという気になり、剣《けん》を突っこんで軽く振《ふ》ってみた。

カン、カン、と金属音がするばかり。この大きな焼却炉には、人はおろかゴミも入っていない。完全にからっぽだ。

(……だめか……。これというものは、なにも見つからなかった……)

ここで待っていれば、じきに反対側を調べたラムダがやってくるはずだ。

おれは焼却炉の前にたたずみ、壁を見上げた。

焼却炉の煙突《えんとつ》が壁に沿って上に伸び、べつの太い煙突に合流している。その太い煙突は、おそらく邸内にあった暖炉《だんろ》から伸びているものだろう。

(ん? 今気づいたけれど、かなり太い煙突だな。ひょっとして犯人やレヴィアは煙突の中に隠れているのか?)

いや、ありえない。

暖炉には、こうしている今もさかんに火が燃えている。煙突の中に人がいれば蒸《む》し焼きになってしまう。そもそも、火が燃えている暖炉に踏《ふ》みこんで高熱の煙《けむり》が充満《じゅうまん》する煙突を這《は》いのぼるなんて芸当、人間にできるわけが――。

！

(待てよ？)

人間にはできないだろう。

だが……人間でないものだったら？

(ここは日本じゃない。エターナルだ。魔法があり、モンスターがいる世界だ)

家人を殺害しレヴィアをさらったやつが、人間ではなくモンスターだったら……？

はっ、とある考えが閃いた。

その可能性を考慮《こうりょ》すると、死体消失の謎《なぞ》も説明がつくのではないだろうか。

つまり、こうだ。

おれとショウが目撃《もくげき》した死体。あれは単なる死体ではなく、ゾンビとかリビングデッドとか、そういう死体のように見えるモンスターだったのではないか？　おれとショウが寝《しん》室《しつ》を離《はな》れたわずかな隙《すき》に、死体そのものが自分で歩いて姿を消した、そう考えれば説明がつくのでは……？

(いや待て。たしかにそれなら、短時間で死体が消えた説明はつく。だが、そのあと二階

も一階もあれだけ徹底的《てっていてき》に捜したのに、消えた死体は結局見つかっていないんだぞ)

とすると、この考えは却下《きゃっか》か?

そんなことを考えながら、おれはラムダを待ち続けた。

……。

………。

……来ない。

(あいつ、なにやってるんだ?)

腕《うで》時計がないので、正確に時間を計ることはできない。ひょっとしたらあせりのせいで待つ時間が長く感じられているのではないかと思い、おれはいったんスカーレットドラゴンをさやにおさめた。

手首に指を添《そ》えて脈をとる。

(いち、にい、さん……)

脈拍《みゃくはく》を五百数えた。

ということは、計り始めてから少なくとも五、六分は経過したはずだ。なのに、ラムダはいっこうにやって来ない!

ざわざわと嫌《いや》な予感が胸を満たした。

「ラムダ！　おい、ラムダー！」
おれはスカーレットドラゴンを引き抜《ぬ》くと、大声をあげながら走り出した。
ラムダがいるはずの反対側へと回る。
そのまま屋敷をぐるっと回って玄関《げんかん》までもどってきた。
だが、ラムダはいなかった。影《かげ》も形もなかった。やつはライトの魔法で明かりを灯して
いるのだから、見つからないわけがないのに！
「ラムダー！」
怒鳴《どな》りながら屋敷をもう一周してみた。
いない！
(なぜだ！　勝手にどこかへ行ってしまったとは思えない。じゃあ、何者かに襲《おそ》われたの
か？　殺人犯は屋敷《やしき》の外にいて、そいつと出くわしてやられたのか？)
馬鹿《ばか》な……。ラムダはLV《レベル》60オーバーのサモンマスターだ。LVが低く、しかも高熱を
出して寝《ね》こんでいたレヴィアとはわけがちがう。無抵抗《むていこう》でやすやすと倒《たお》される、そんなタ
マじゃない。
(たとえ、インヴィジブルの魔法で姿を消している相手に背後から奇襲《きしゅう》されたとしても、
あいつが一矢《いっし》も報《むく》いることなくやられてしまうなんて、そんなことあってたまるか！)

第一、もしラムダが何者かに倒されたのなら、死体がなければならない。死体さえ残さずにただ煙のように消えてしまうなんて、それこそありえない！

「ラムダー！　どこだ！　出てこーい！」

おれは逆上気味に声をからしてもう一度さけんだ。

(インヴィジブルの魔法であいつ自身が姿を消している？　いや、そんなはずはない。サモンマスターはインヴィジブルの魔法を習得できない職業《クラス》のはずだ！)

恐怖《きょうふ》が臨界点に達しつつある。

なんなんだ。この屋敷は、いったいなんなんだ！

(待てよ？　もしかしてあいつ、おれに黙《だま》って勝手に屋敷の中へもどったのか？　もしそうだったら、ただじゃおかないぞ！　こんなに心配させやがって！)

おれは剣の柄《つか》を指が痛くなるほどきつく握《にぎ》りしめ、肩《かた》を怒《いか》らせて玄関へむかった。

けれどその一方で、ラムダが邸内《ていない》にいて欲しいとも願っていた。もしそうなら、ラムダがいなくなったことの説明がつく。屋外でやつが突然《とつぜん》に消失してしまったなんて、恐《おそ》ろしすぎる――。

おれは勢いよくドアを開けて邸内へもどった。

……。

…………。

えっ？

眼前の光景が信じられなくて、おれはしばし棒立ちになった。

（なぜだ）

おれがもどるまで、ここを動くなといったのに。

たしかにそういったはずなのに。

ホールはがらんとしていた。

誰《だれ》もいなかった。

ショウも、エルも、イシュラも、忽然《こつぜん》と姿を消していた。

「う……うそ……だろ……こんなこと……」

震《ふる》えが背骨を這い上がってくる。

恐怖が心を満たし、激しい嘔吐《おうと》感のように、さらに膨《ふく》れ上がってゆく。

ショウが召喚《しょうかん》したデュラハンが消えたことは説明がつく。ラムダのアイスデーモンと同様、召喚時間が切れただけだ。

だが、ショウは！　エルは！　イシュラは！　なぜだ！　なぜいない！

うわあああああああああああ！

「誰かー！　誰かー！　いるんだろ！　返事をしろ！　返事をしてくれー！」

　おれはマットで靴底《くつぞこ》を拭《ふ》くこともなく、ホールへ駆《か》けこんだ。わめきちらしながら、一階の部屋を次々に見てまわる。

　おれはさけび通しだった。ショウを、イシュラを、エルを呼んだ。「返事をしろ！　返事をしろ！」と絶叫《ぜっきょう》した。

　けれど、答える者はなかった。激しい雨が、おれを嘲笑《ちょうしょう》するようにバチバチと窓をたたくばかりだった。

（そんな馬鹿な！　みんな、おれを残してどこへ行ったんだ！）

　気が狂《くる》いそうだった。おれは足音荒《あら》く二階へ駆け上がり、六つの部屋をすべて見て回った。

　でも、
　どこにも、
　誰も、
　いなかった。

　生きた者の姿はもちろんのこと、死体さえない。

　まるで……灰色の小柄《こがら》な宇宙人がやってきて、みんなを連れ去ってしまったかのようだった。

「うそだ……こんなこと……」

おれはホールまでもどってくると剣をとりおとし、うずくまって、声をあげて泣いた。

こんなわけのわからない形でおれたちの旅が終わるなんて。そんなこと、あっていいはずがない。

でも、みんなは消えてしまった。

なぜだ……。

おれは肩を震わせて泣きじゃくった。ただただ怖《こわ》くて悲しかった。

(落ちついてください、ユーゴさん)

ふと――レヴィアの声が聞こえた気がした。

おれはびくっとして跳《は》ね起き、きょろきょろと周囲を見回した。

(誰もいない。幻聴《げんちょう》か？)

けれど、おれの心にはわずかに理性の光がもどった。

(そ、そうだ。落ちつけ！　ここで泣きじゃくっていたって、それで事態がよくなるわけじゃないだろう！　おれは勇者だ。勇者としてみんなを導き、いくつもの危機を乗り越《こ》えてきたじゃないか、それを思い出せ！　思考力はおれの大切な武器なんだぞ、それを自ら放棄《ほうき》してどうする！）

　ともすればさけび出したくなるのを理性の力でこらえ、「考えろ、考えるんだ」とおれは声に出してつぶやいた。神宮寺《じんぐうじ》に、あるいは成歩堂《なるほどう》になったつもりでこの怪奇《かいき》事件の謎を解くんだ！

（最初からすべてを思い出してみよう。なんの理由もなく、こんな奇怪なことが起きるわけがない。なにか原因があるんだ。推理して、真相を突《つ》き止めるんだ！）

　うろうろと、ホールを行ったり来たりしながらおれは思考を高速回転させた。

　そして、まずは最初の被害者《ひがいしゃ》……二階の寝室で見た死体を思い起こした。

（あらゆる可能性を考えるんだ。そう、例えばあの死体がゾンビのような、死体の姿をしたモンスターだった可能性もふくめて！）

　いや、待てよ？

　ふっ……と違和感《いわかん》がよぎった。なにか重要なことを見落としている気がする。

（そういえば二階には、子ども部屋にベッドがひとつ。寝室には天蓋《てんがい》つきの大人サイズのベッドがひとつ。このふたつしかベッドがなかったぞ。みょうだな、こんな広い屋敷なのに）

　そして、みょうだといえば、そう……。

おれはホールを離れて食堂へむかった。

食堂には長いテーブルとたくさんの料理が並んでいる。ショウたちが食べたので多少減っているが、おれはその量に注目した。

一人や二人で食べるにはあまりにも多すぎる量だ。テーブルにはイスが六脚《きゃく》あって、それぞれの前にマットと皿、スプーンやフォークが用意されている。つまり、最初から六人分を想定した量の食事なのだ。

(不自然だ。家の主人たちのほかに使用人がいるなら話はわかるが、使用人が寝起《ねお》きしているような部屋は見当たらなかった。使用人のための離れもない)

いや、そもそも……なにがみょうだといえば、こんな人里離《ひとざとはな》れた場所に、ぽつんと一軒《いっけん》だけこんな豪邸《ごうてい》があること自体、不自然きわまりない。

(そうだ……そういえば……屋敷に入ったときにも、みょうだと感じた。それはドアに鍵《かぎ》がかかっていなかったばかりか、鍵穴もなかったことだ。エターナルはモンスターもいれば盗賊《とうぞく》もいる世界なのに、あまりにも不用心すぎる。あれだって明らかに変じゃないか)

おれはホールへもどった。

やはり誰もいない。

(なにか痕跡《こんせき》は残っていないだろうか。例えば、ショウ、イシュラ、エルの三人が何者か

に抵抗《ていこう》したなら、なんらかの痕跡が残るはずなんだが)

おれは床《ゆか》を丹念《たんねん》に眺《なが》めていった。おれの泥《どろ》だらけの靴跡《くつあと》がそこかしこに残っているが、しかし、それ以外に『これ』というものはない。

(レヴィアが連れ去られた瞬間《しゅんかん》を、ショウが居眠《いねむ》りして目撃《もくげき》していなかったなんて。あれはまずかったな。ショウが居眠りしていなかったら、あの段階で犯人がわかっていたかもしれないのに)

ん……待てよ? これも奇妙《きみょう》じゃないか?

(ショウは死体を目撃してかなりおびえていた。それにおれは、レヴィアを守れといいつけてショウを一階に残した。ショウは、暖炉《だんろ》があたたかいからといって、うたた寝するような精神状態じゃなかったはずだ。これも今にして思えば変じゃないか?)

こうしてみると、なにかがおかしいというより、なにもかもがおかしい。一から十まで不自然なことだらけだ。

(なぜショウは居眠りなどしたんだろう。食べ物を口に入れてしまったから、おなかがいっぱいになって眠くなったのか?)

「あっ!」

あることに気づいておれは声をあげた。

屋敷に入った者のうち、おれだけは食べ物を口にしていない。

そして、おれだけが消失することなく、今もまだ屋敷に残っている。

（ここはエターナルだ。魔法《まほう》がありモンスターがいる世界だ。消えた死体。消えた仲間たち。どこを捜《さが》しても見つからない犯人――）

突然、すべてがつながった。

しかし、その推理、いや、その発想は常軌《じょうき》を逸《いっ》していた。

（でもここは日本じゃなく、エターナルなんだ！　ということは、ありうるんじゃないのか？）

その推理が正しいのだとすれば……おれが必死に捜していた犯人は、姿を消していたんじゃない。

最初からずっと、そいつはおれたちの前に姿をさらしていたんだ。

正確にいうと――そいつは、犯人とは到底《とうてい》思えないものに擬態《ぎたい》していたんだ。

おれは床に転がっているスカーレットドラゴンを静かに拾いあげると、そろそろと階段へ近づいていった。

このらせん階段は屋敷《やしき》の中心にある、いわば背骨のような部分だ。

おれは剣《けん》を大きく振《ふ》りかぶった。

「フラッシュ！」

技《わざ》の名を唱えた。四連続攻撃《こうげき》を階段目がけて喰《く》らわせた瞬間、真実が明らかになった。

ギィイイイイイイイイイイイ！

金属をこすりあわせるような重苦しくけたたましいさけび声がホールに響《ひび》きわたった。

スカーレットドラゴンによって破壊《はかい》された階段からは赤黒い内臓がうごめくゼリー状の組織がのぞき、赤い血が凄《すさ》まじい勢いで噴《ふ》き出した。

「これか！　これが真相だったのか！」

すべてがわかった。おれたちが逃《に》げこんだこの屋敷は、屋敷なんかじゃなかった。

じつはモンスターだったんだ。

大きな屋敷に擬態した巨大《きょだい》なモンスター、巨大なミミックだったんだ！

（ド○クエには宝箱そっくりに化けるミミックが登場する。日本にだって、木の葉や枝に擬態する昆虫《こんちゅう》がいる。でもまさか、こんなにでかくて凝《こ》った構造物に化ける怪物《かいぶつ》がいるなんて！）

おれは身をひるがえして暖炉の前のソファへと走った。

「レヴィア、無事か！」

ソファのシート——に擬態していた化け物の皮膚《ひふ》——を切り払《はら》うと、そこには怪物の体内で粘液《ねんえき》まみれになったレヴィアがぐったりと横たわっていた。

（そうか……そういうことか！）

食虫植物が蜜《みつ》や匂《にお》いで昆虫をおびき寄せるのと同じだ。屋敷に擬態して人間を食い殺すこの化け物は、旅人を誘《さそ》いこむためにこそ、わざわざ人里離れたこんな場所にいるんだ。そして料理には恐《おそ》らく、食べたものを眠らせてしまう成分がふくまれている。獲物《えもの》が眠ったのを感知すると、屋敷はそいつを体内へ素早《すばや》くとりこんでしまうんだ！

（おれとショウが発見した最初の死体！　あれは恐らく、おれたちよりも先にこの屋敷に入った旅人だ。マットについていた泥はその旅人のものだったんだ！　その旅人は食堂で食べ物を口にし、二階の寝室《しんしつ》で横になり、そして食われた。だが途中《とちゅう》で眠りの効果が切れたか、さもなくば消化されるときの激痛で目覚めた。剣をふるって怪物の体内からかろうじて脱出《だっしゅつ》したが……そこで、こときれたんだろう。死体の顔がぐちゃぐちゃだったのは、消化液でなかば溶《と》かされていたからだ！）

恐ろしい。この怪物には、まちがいなく知性がある。それも邪悪《じゃあく》な知性が。死体を目撃したおれとショウがいなくなった隙《すき》に、やつはなに食わぬ顔で死体を再び体内に——ベッドの中に——とりこんだんだ！　それが死体消失の真相だ！

（ショウがうとうとしてしまったのは、おそらく睡眠《すいみん》の効果があらわれつつあったためだ。

ショウがうたたねした隙に、この狡猾《こうかつ》な怪物は、まずはぐっすりと眠っていたレヴィアだけをぱくっと食べてしまったんだ。そしてショウ、エル、イシュラの三人は、おれとラムダが外へ出た直後、強烈《きょうれつ》な睡魔《すいま》に襲《おそ》われて倒《たお》れるように眠りこみ、床の下にでもひきずりこまれたんだ)

……などと考えながらレヴィアをひっぱり出し、担《かつ》ぎあげているうちにも、屋敷は、いや、屋敷に擬態した怪物はおぞましいわめき声をあげ続けていた。

今はもう、壁《かべ》も床も擬態することをやめ、ゼリー状に軟化《なんか》して正体をあらわしつつある。イス、テーブル、置物といったものもすべてぐにゃぐにゃに溶けて、ゼリー状の軟体《なんたい》動物になりつつある。それにつれて、小物類にはＨ Ｐ《ヒットポイント》とＭ Ｐ《マジックポイント》のバー、それにミニミミックという名称《めいしょう》が表示された。すなわち、屋敷は巨大なミミック、小物類はすべて小さなミミックだったんだ！

「くっ、このっ！」

おれは剣をふるって飛びかかってくるミニミミックたちを迎撃《げいげき》したが、レヴィアを抱《かか》えたままでは分が悪い。背中をしたたかに打たれて激痛に全身が痺《しび》れた。

(ショウたちは床下だろうか？　だが、救出するのは、こいつらを残らず倒して動きを完全に止めてからでなければ無理だ)

おれはレヴィアを引きずるようにして玄関《げんかん》――だった場所――へ突進《とっしん》した。ドアだったはずの部分も変形してぶよぶよしたゼリー状になっている。強引に斬《き》り払って外へと脱出する――。

外へ出て屋敷を振り返った瞬間、青く激しい稲妻《いなずま》がひらめいた。

屋敷だったはずのものは、ぶよぶよしたゼリー状の、巨大なスライムのごとき化け物へと変化していた。屋根の上にはHPとMPのバー、そしてハウスミミックという名称が表示されている。

半透明化《はんとうめいか》しているため、床下にあたる下方にショウたちの姿がわずかに見えた。

(まずいな。ただこいつを倒すだけならゴーデスエンブレムを放って斬りまくればことたりる。だが、ショウたちを傷つけるわけにはいかない)

しかもこの怪物、ただ化けるだけが取り柄《え》ではないようだ。LV《レベル》78ゴーデスナイトの四連続攻撃を食らわせたのに、HPを示すバーはさほど減っていない。ボス級の強敵だ！

「やってくれたな、この化け物が！　仲間たちを返してもらうぞ！」

おれはレヴィアを地面に横たえると、斬りつけながら化け物の背後へと回った。

焼却炉《しょうきゃくろ》があったはずの部分へと駆《か》け寄る。まだわずかに形をとどめていたが、半透明化しつつあり、中にラムダがいるのが見えた。

（たぶんラムダは、おれよりも先に焼却炉に到着《とうちゃく》したんだ。そして中を調べようとした。だがラムダも食べ物を口にしてしまったからな。突然《とつぜん》、抗《あらが》えないほど急激な睡魔に襲われ、眠りこんでしまった。そして焼却炉の中へ……空洞《くうどう》部分ではなく、そのさらにむこうの壁の部分に引きずりこまれていたんだ）

「ラムダ！　無事か！」

おれは怪物の表皮に斬りつけ、ぬらぬらする体内へ手をつっこんでラムダの髪《かみ》をひっつかみ、強引にひっぱり出した。

「ソニックブーム！」

怪物の頭部目がけて衝撃波《しょうげきは》を放ち、ひるんだ隙に剣をわきにかかえてラムダの横っつらをぶんなぐった。

「起きろ！　起きて戦え、ラムダ！　起きろー！」

一発。二発。三発殴《なぐ》ったところでようやくラムダは薄《うす》く目を開けた。

「な……なんだ……？　おれは……？」

「起きろ！　起きて戦え、死ぬぞ！」

はっとラムダの目に生気がもどった。

「うおおおお！　なんだこのバケモンはー！」

「おれたちが屋敷だと思っていたのは屋敷じゃない！　屋敷に擬態したミミックだ！　モンスターだったんだ！」

「なんだとぉ！　クソがァー！　ブッ殺してやる、サモンハウンド！」

空中に赤い魔《ま》法陣《ほうじん》があらわれた。魔界の猟犬《りょうけん》ヘルハウンドが三頭、雷鳴《らいめい》に負けないほどの咆哮《ほうこう》と炎《ほのお》の息を放って飛び出してくる。アイスデーモンのほうが強力なサモンモンスターだが、召喚《しょうかん》時間が切れたサモンモンスターは、決められた待ち時間《ディレイ》がすぎないと再召喚できないのだ。

「いいかラムダ。床下にあたる部分には、まだショウ、イシュラ、エルがつかまっている。三人を傷つけないように慎重《しんちょう》に攻撃してくれ！」

「おう！」

おれは背面からの攻撃をラムダにまかせ、正面へもどって斬りつけた。

怪物のＨＰがじょじょに減ってゆく。

「倒れろ、化け物！」

こいつが食い殺してきたであろう大勢の旅人の末路を想像するとぞっとする。さんざん恐怖《きょうふ》させられたこともあって、おれは闘争心《とうそう》に火がついていた。

（化け物め。今度ばかりは相手が悪かったな。おれたちを食い殺そうとしたのが運のつきだ！）

今はもう恐怖心はまったくない。おれの心は勇者の形になっていた。

「ソニックブーム！」

とどめの一撃をくらい、ついに怪物のＨＰがまっしろになる。

化け物はギィ……ギィ……とうめきながら溶け崩《くず》れていった。おれはどろどろの粘液の中に踏《ふ》みこみ、大急ぎでショウたちをひっぱり出すと鼻の前に手をかざした。

（よかった、まだ生きている）

こうして恐怖の一夜は、全員死亡のバッドエンドを迎《むか》えずにすんだ。

＊　＊

おれは嵐《あらし》の中を、仲間たちを励《はげ》まして進んだ。

そうして海岸付近に小さな洞窟《どうくつ》（幸い、屋敷からさほどの距離《きょり》ではなかった）を発見し、そこへ避難《ひなん》した。

全員ずぶ濡《ぬ》れ、泥《どろ》だらけ。洞内に乾《かわ》いた流木が多少あったのでそれに火をつけて暖をとり、疲労《ひろう》の極《きわ》みにあったおれたちは死体のように眠《ねむ》った。

朝になり、外へ出てみると、雨は止《や》んでいた。

といってもあいかわらず雲が空を覆《おお》っている。気分がめいるような冴《さ》えない天気だ。

「……というわけなんだ。宝箱に擬《ぎ》態《たい》するミミックは知っていたけれど、まさかあんな大きな屋敷に擬態するミミックがいるとはな」

朝食を頬張《ほおば》りながらおれが事件の真相を語ると、みんな恐怖に身震《みぶる》いした。

「なんてことだ。そんなモンスター、図鑑《ずかん》にも載《の》っていなかった。ある意味、大発見だな」

エルが屋敷《やしき》が建っていたはずの丘《おか》を眺《なが》めてつぶやいた。

どろどろに溶け崩れた怪物《かいぶつ》の死体は雨に洗い流され、今はもう跡形《あとかた》もない。

「それにしても、さすがですね師匠《ししょう》！　屋敷の謎《なぞ》を解いて、あたしたちを助けてくれるなんて！　やっぱり師匠は、あたしたちのリーダーで、知勇兼備《けんび》の勇者です！」

イシュラが無邪気《むじゃき》に笑った。

「しかし、今回は危なかったよ。絶望のあまり、なにもかも投げ出して逃《に》げ出す寸前まで追いこまれた」

おれは曖昧《あいまい》な笑いを返して、レヴィアに視線を移した。

「熱は下がったかい」

「はい。まだ少しふらつくけれど、もう一人で歩けます」

「そうか……。絶望に沈《しず》み、恐慌《きょうこう》状態にあったとき、レヴィアの声が聞こえた気がした」

「えっ？」

「落ちついてください、そうおれを諭《さと》してくれたように聞こえた」

「私には声を発した記《き》憶《おく》はありません」

「じゃあ、おれの気のせいだな。でも、あの声のおかげで理性をとりもどしたんだ」

「まあ……」

レヴィアの頰《ほお》が桃《もも》色《いろ》にそまった。

これにて一件落着。旅を再開できる。

だが……。

おれはあえて、あることをみんなに黙《だま》っていた。

モンスターが化けた屋敷で出ていた、料理のことだ。

屋敷の壁、床《ゆか》、天井《てんじょう》、ソファやベッド、スプーンやフォーク、なにもかもすべてミミックが擬態していたものだ。

では、あの料理は？

焼きたての香《こう》ばしいパン。おいしそうな鳥の丸焼き。芳香《ほうこう》豊かな果実酒。あたたかなスープ――。

（アブラムシの中には、おしりから甘《あま》い体液を分泌《ぶんぴつ》し、それを与《あた》える見かえりとしてアリに巣の中で世話をしてもらう、そんな種類のやつがいると科学番組で見たことがある）

あの料理は……モンスターが餌《えさ》となる人間を引き寄せ、眠らせるための分泌物、つまりモンスターの一部だったのではないか？

すなわちあの料理の材料は……もとはといえばあのモンスターが食い殺し消化していた、人間じゃなかったのか……？

「おれとしたことが、ばくばく食っちまうなんてうかつだったぜ。でもよぉ、あんだけ疲《つか》れて腹も減ってるところへ豪勢《ごうせい》なメシが並んでいると来た日には、食っちまうのもしょうがねえや　なあ？」

ラムダがいいわけがましくみんなに同意を求めた。

「だよね！　もうさー、すんごくおいしい料理ばっかりだったよ。こんなの食べたことないやってくらいジューシーでおいしかったもんね」

ショウが思い出したように舌なめずりした。

「そうですね。私、熱で意識がもうろうとしていましたけど、イシュラが口に運んでくれたスープがびっくりするくらいおいしくて、それだけははっきりおぼえています」

おれたちの料理長であるレヴィアもべた褒《ぼ》めだ。

「旅をしてあちこちの料理を口にしてきたが、その中でも上位にランクインする、すばらしい味だったな」

エルも、そのとおりとうなずく。

「あれを食べなかったおかげで師匠は眠らずにすみましたけど、でも、ほんとおいしかったなあ……」

イシュラがうっとりした表情になった。

おれはみんなの顔を眺め、そして、銀縁《ぎんぶち》眼鏡をかけた友人の顔をことさらじっと眺めた。

「ん？　どしたの？」

なあ、みんな。

あの料理はどんな味だった？

そんなに……おいしかったか？

「いや、なんでもない」

知らぬが仏だ。このことはおれの胸にしまっておこう。

「旅を続けよう」

おれはそういって彼方《かなた》を眺めた。

エンディング後も続く世界

ついに邪神《じゃしん》ギャスパルクを倒《たお》し、教団との戦いに勝利したユーゴたち。勇者PT《パーティ》は解散、ひとまず、それぞれの道を歩むこととなった。けれど邪神討伐《とうばつ》から数えること十か月、一同は再会を果たす。ギャスパルク討伐後のユーゴたちを描《えが》きました。

SCENE 1

おれの伝説はこれから始まる。……いや、始めるんだ。

――ラムダ

さらばエターナルの日々よ、ってか。

ガイアへの転送門《テレポーター》に乗ったおれは、気がつくと東京・秋葉原《あきはばら》のヨ○バシカメラの前にいた。幸い時刻は深夜で、「なんだ？　こいつ、瞬間《しゅんかん》移動してきたぞ！」てな騒《さわ》ぎにはならずにすんだ。

（もどってきたぜ、地球《ガイア》に！）

おれはすぐに持ち物を確かめにかかった。担《かつ》いでいた袋《ふくろ》を下ろして口紐《くちひも》を解《ほど》く。街灯の白い光を浴びて、ぎっしりつまった金銀財宝がキラリン！　と輝《かがや》いた。

（やったぜぇ！　おれは異世界を冒険《ぼうけん》し、ひと財産築いてもどってきたんだ！）

こいつがあれば、さんざん迷惑《めいわく》をかけ通しだったおふくろに楽をさせてやれる。

ところが、はたと気づいた。そういえば日本円は一円もねえぞ。

おれの家は千葉《ちば》の南房総《ぼうそう》の鴨川《かもがわ》だ。ＪＲで秋葉原から安房《あわ》鴨川までの料金は、総武線《そうぶせん》と外房線《そとぼう》あわせて二千円以上かかる。今はまだ電車が動いていない深夜なわけだが、始発が動いたって日本円がなけりゃ電車に乗れねえ。

(徒歩で帰るしかねえのか？　あるいは幹線道路に出たところでヒッチハイクか？)

頭をかいていると目の前の空間がゆらめき、見覚えのある痩《や》せた人影《ひとかげ》があらわれた。

「んっ？　あっ、ラムダ君！　ここは……秋葉原、デスね？」

「おう。メタボもここへ出たとなると、後続のやつらもじきに出てくるんだろうな」

続々と、ナツキ、ジローといった旭日騎士団《きよくじつきし》の面々や、神聖飛竜《ひりゅう》騎士団の面々が出てきた。「良かった、日本にもどれた！」と、どいつもこいつも大喜びだ。

「おや、みんな同じ場所に出ていたのか。おれで最後だよ」

最後にウォーロード、もといユーゴの親父《おやじ》の勇造《ゆうぞう》があらわれた。

「いちおう点呼とるわね」

ナツキがリーダーシップを発揮して確認《かくにん》した。どうやら帰還《きかん》希望者は全員無事に帰還、さらなる謎ワールドへ転送されたやつはいない模様だ。

「ところでよ、誰《だれ》か日本円を持ってるやつがいたら電車賃を貸してくれねえか」

おれはたずねて一同を見回した。しかし、ジローが「おれ、ポケットに五千円札が一枚ある」といったのみだった。なんだそりゃ！　みんな金銀財宝を持ち帰って大金持ちなのに、日本円に関しては文無しかよ！

動揺《どうよう》が走った。「僕、実家は北海道《ほっかいどう》の帯広《おびひろ》なのに」と嘆《なげ》いているやつまでいる始末だ。

「夜が明けるのを待って金製品の買い取りをしているお店へ行けば、交通費くらいはすぐ調達できるんじゃない？」

とナツキが提案したが、おれにいわせりゃ論外もいいとこだ。

「冗談《じょうだん》だろ。ああいう店の買い取りってよ、免許証《めんきょしょう》とかそういう身分証が必要なんだぜ。未成年が身分証もなしに『買い取り希望します』なんていってみろ。下手をするとオマワリ呼ばれちまうぜ」

「では、こうしよう。ジロー君、その五千円をおれに貸してくれ。秋葉原からだと、おれの家はタクシーを使っても料金が五千円をオーバーしない距離《きょり》だ。まずはおれがタクシーをつかまえて家にもどるよ、そうすれば銀行のカードを持ちだせる。その後、ATMからお金を下ろしてここへもどり、みんなに交通費を支給する。それでどうだ？」

勇造がみんなを見渡《みわた》した。もちろん否《いな》はない。各自、必要と思える交通費を算定して勇造に報告した。

その総額、ざっと五十万。なんせ北海道や九州《きゆうしゆう》に帰るやつもいるからな。

そんなこんなで、勇造がもどってきて金を配り終えた時には、始発が動き始めていた。

別れの間際《まぎわ》、勇造は、いや、勇造さんはおれたちに電話番号を記《しる》した紙を配った。

「ところでエターナルから持ち帰った金銀財宝だが、ラムダ君がいったように、未成年者がこんな大量の金品を換金《かんきん》しようとすれば怪《あや》しまれて警察沙汰《ざた》になってしまう恐《おそ》れがある。だけど、おれの知り合いにその手の商《あきな》いをしている人がいる。だから不要なトラブルを避《さ》けるため、換金の際にはおれに連絡《れんらく》してくれ」

ありがてえや。さすがはユーゴの親父だな!

＊　　＊

安房鴨川は外洋に面しているため押し寄せる波の音が強烈《きようれつ》だ。風は潮の香《かお》りを濃《こ》くふくんでいる。このあたりは自然がたっぷり残っているからな、電線にはカラスじゃなく、でかいトンビがとまっている。

(故郷だ)

駅を出たおれは懐《なつ》かしい風景に目を細めた。

朝の空気を思い切り吸いこみ、胸を張って歩く。おれはひとかどの男になって帰ってきたんだ！

でも、財宝ぎっしりの袋をかついで見慣れた安アパートの前までいったおれは、『村田《むらた》』と小さな表札が貼《は》られたドアの前で足が動かなくなっちまった。

（女手ひとつでおれをここまで育ててくれたおふくろ。おれがいなくなって、さだめし心配していただろうな）

おれはたっぷり五、六分も突《つ》っ立っていたと思う。その間、おれは心の中で（まだ朝も早いし、おふくろ寝《ね》ているかもしれねえ。起こしちゃ悪いよな）と変ないいわけを繰《く》り返していた。

だが、じっとしていたところで、なにがどうなるもんでもねえ。

おれは意を決して、ブザーを鳴らそうと指を伸《の》ばした。

しかし、思うところあってドアノブに手をかけてみた。

鍵《かぎ》はかかっていなかった。

（バカヤロー！　鍵をかけないなんて、不用心じゃねえか！）

不用心は百も承知で鍵をかけていなかったんだろう。

おれがいつ帰ってきてもいいようにと、開けておいたんだろう……。

おれはもう矢も楯《たて》もたまらず、ドアを引き開けた。

狭苦《せまくる》しい間取りだからな、玄関《げんかん》に立っただけで中が丸見えだ。おふくろはテレビやちゃぶ台が置かれた居間のカーテンを開けている最中だった。

気配を感じたんだろう、おふくろは、はっとした様子で振《ふ》り返った。

「ただいま」

おれは蚊《か》の鳴くような声でいった。

その後は……なんつーか、たいへんだったぜ。おふくろはおれを見るなり平手打ちを食らわせ、それから、泣きながらおれを抱《だ》きしめた。おれは（悪いことをした）って気持ちが際限なく湧《わ》いてきちまって、うなだれるばかりだった。

ようやくおふくろが落ち着くと、おれは正座して「心配かけて悪かった」と謝った。

そうして事情を説明した。最初の最初から、すべてをな。

正直いって、おふくろが信じてくれるとは思っていなかった。ゲームをやってたらそのゲームそっくりの異世界へ飛ばされましたなんて、無茶苦茶もいいところだ。

ところが、おふくろは大真面目《おおまじめ》に話を聞いてくれた。途中《とちゅう》で、こう口を挟《はさ》んだよ。「お母さんね、豪《ごう》ちゃんがいなくなったのは、なにか理由があってのことだと思っていたのよ。

警察に連絡して、お母さんも心当たりを捜《さが》して……。そのうちに、こんな噂《うわさ》を耳にしたの。『ギャスパルクの復活』っていうゲームをしている人が次々に消えている、って」と。

豪ちゃん、かあ。

高校生にもなってちゃんづけで呼ばれるのって、えらい恥《は》ずかしいんだよな。でもひさしぶりにそう呼ばれたら、不覚にも目頭《めがしら》が熱くなっちまったよ。

すべてを話し終えたおれは、最後にエターナルから持ち帰った金銀財宝を畳《たたみ》の上にぶちまけた。

「おふくろ。おれ、一度も口にしたことなかったけど、おふくろにはほんとうに感謝してるんだ。産んでくれて、育ててくれて、ありがとう。だけど、おれはエターナルへもどろうと思う。おれを慕《した》ってくれる手下たちが帰りを待っているんだ。それに、おれは……まだ満足しちゃいない。もっともっとでかい男になりたいんだ。この金銀財宝、こいつを換金して暮らしに役立ててくれ。そいつを、おれなりの恩返しにさせてほしいんだ」

おふくろは畳の上でキラキラ光る金銀財宝に一瞥《いちべつ》をくれた。

「それが豪ちゃんの選んだ道なら、お母さん、なにもいわない。自分で決めた道を歩いてほしい。でもね、豪ちゃん。この宝石類は豪ちゃんが持っていなさい。お金はあってこまるものじゃないのよ、きっといつか役に立つから」

親ってのは……こういうもんなのかねえ……。おれが結婚《けっこん》して、子どもができて親になったとして、ここまで立派な親になれる自信はねえや。

それからがまた大変だ。おれはエターナルじゃばんばん稼《かせ》げる一人前の男なんだ、こいつをおふくろが受けとってくれねえと、おれの心が重いままでしょうがねえんだ、と納得《なっとく》させるまでにしばらくかかった。

そんで、よ。

おふくろはおれとちがって真面目が服を着ているような人間だから、パートをずる休みしたことなんて一度もなかった。なのに、「もうしわけないけれど今日は病欠させてください」って電話を入れて……。おれは、おふくろが作ったごはんとおみそ汁《しる》と目玉焼きで朝食をとったんだ。

(まいったな。里心がついちまったらエターナルへもどれねえぞ)

世界を跳躍《ちょうやく》するには、エターナルを想《おも》う強い気持ち――魂《イデア》の力が必要だ。

おれはある計画を胸に秘めている。そいつを実現するには、なるべく早くエターナルへもどる必要があるんだ。

おれは一週間ほど、なんつーか、おれなりに、だな、親孝行ってやつに励《はげ》んだ。とってつけたような親孝行だったかもしれねえが、それでも、なにもしねえよりはずっとマシだからな。

で、一週間後のことだ。

昼寝《ひるね》をした拍子《ひょうし》に、おれは夢を見た。エターナルでおれが過ごした日々のハイライトシーンを映画みたいにうまく編集した、そんな夢だった。

えらくリアルな夢だなと苦笑《くしょう》して目が覚めると、おれは昼寝をした時のクラッシュジーンズにTシャツのかっこうで草むらに寝転んでいた。

もどったんだ、エターナルに。

＊　＊

おれはイの一番にステータスウィンドウを開いて、ここがまちがいなくエターナルであることを確認した。

（LV《レベル》が61にもどっちまってる。習得している魔法《まほう》のリストにサモンアースが見当たらねえ。地神グラ・ドからもらったスーパーパワーは消えちまったってことか）

ただし職業《クラス》名はゲートキーパーのままだ。ふん、勇者PT《パーティ》の一員だったことを示す名誉《めいよ》だけは残ったってところか。

（にしても、ここはエターナルのどこだ？）

ちなみにおれが初めてエターナルへ来た時は、ガルガンシア王国の北西にある名前なんかどうでもいいような小さな農村に出たんだ。

トン、カン、トン、カン……。

金づちの音が風に乗って聞こえてくる。おれは音に誘《さそ》われるまま歩き出した。

「おっ」

じきに人里に出た。老いも若きも男も女もわんさかいて、材木を運んだり、釘《くぎ》を打ったり、せっせと働いている。建てられたばかりの真新しい家、まだ土台だけだの屋根がないだのといった作りかけの家……。ひょっとして、魔神《まじん》に破壊《はかい》されたため復興作業をしている村か？

(なんにせよ、おれはエターナルへもどった。それは、おれの心がガイアよりもエターナルを望んだことの証《あかし》だ。故郷やおふくろへの未練はすっぱり断ち切って気持ちを切り替《か》え、道を歩こう。おれが歩くと決めた道を)

心を固めていると、

「あっ！　ラ、ラムダ？　まさか、ラムダなの？」

聞き覚えのある声で名前を呼ばれた。

「うわー！　いつも着てた黒い服じゃないけど、やっぱりラムダだっ！　ガイアからエターナルへもどったの？」

おいおい、イシュラじゃねえか！　なんせ頭上にキャラクター名が表示されている世界だからな、まちがいようがねえ。

「お前がいるってことは、ここはお前とレヴィアの故郷のアルダ村か」

「うん、そう。ただいま復興のまっさいちゅう。見てよこれ、この際だから新生アルダ村に移住しようって人がいっぱい集まって、大にぎわいなの」

「ほー」

「とにかくラムダ、師匠《ししょう》と姉様のところへ案内するよ！」

「おう」

おれは素直《すなお》にイシュラの後についていった。このエターナルで、ユーゴはＬＶや戦闘《せんとう》能力以上の力を持っている。邪神《じゃしん》を倒《たお》した英雄《えいゆう》であり、政治的にも大きな影響《えいきょう》力がある。てことはつまり、利用価値がある。いい顔を見せておいて損のねえ相手だ。

「ラムダ……！　もう帰って来たのか！」

「ラムダさん、もう帰って来たんですか？」

再建中のファドラ神殿《しんでん》？　らしき建物の前にいたユーゴとレヴィアは、おれを見るなり同じことをいいやがった。

「まるで帰って来られちゃ迷惑《めいわく》みてぇないいぐさだな」

「いや、そんなことはない。ただ、ラムダたちがガイアへ帰還《きかん》してから、まだ二か月しか経《た》っていないからな。いつかエターナルへ帰ってくるんじゃないかと思ってはいたが、こんなに早くだとは意外だった」

「二か月か……。ちなみに、おれがガイアですごしたのは一週間だ」

するとユーゴは（おやっ？）といぶかしむ顔つきになった。

「それは興味深い情報だな。エターナルとガイアでは、エターナルのほうが時間の進み方が速い。出会って間もないころ、リサさんから、ガイア時間の一週間がエターナルでは一年に相当すると聞いた。しかし、ラムダがガイアで一週間を過ごしたのに、エターナルで経過した時間は二か月……。となると、両世界の時間の進み方の差が急激に縮まってきているることになる。この世界は魂の力《イデア》が森羅万象《しんらばんしょう》の根幹になっているようだが、邪神との戦いを経《へ》てエターナルの魂の力の総量が増しているのかもしれない」

正直、おれにとってそんな考察はどうでもいい。だが、あれからまだ二か月しか経っていないってのはありがたい話だった。というのも、おれの計画を実行に移すのは、早いに越《こ》したことはないからだ。

「にしてもユーゴ。エターナルの勇者にしちゃ、パッとしねえかっこうだな」

おれは苦笑した。ユーゴはフォースアーマーでも学ランでもなく、エターナル風のごく平凡《へいぼん》な服を着ていた。

「こういう服装のほうが気楽だよ。それに見ての通り、今のおれの仕事は戦闘じゃなく、村の復興作業なんだし」

「ところでラムダさん。ガイアへ帰還したみなさんは、ちゃんと無事にもどれたんでしょうか」

レヴィアがユーゴをちらっと見てからたずねた。

「そうか、その話も聞きてえだろうな。じゃ、腰《こし》を下ろせる場所へ案内してくれねえか」

「わかった。エド、おれはいったんここを離《はな》れるよ。後を頼《たの》む」

で、ユーゴがおれをいざなったのは、神殿からそう遠くない場所に建てられた二階建ての家だった。木肌《きはだ》の白さといい、木の香《かお》りの濃《こ》さといい、いかにも建てたばかりって風情《ふぜい》だ。これが、美人を二人も嫁《よめ》にしやがったユーゴの新居なんだとよ。

「エターナルを救った勇者なんだろ、もっとでかい家に住んでもバチは当たらねえぜ」

「これでいいんだ。少なくとも今は」

ユーゴは笑ったが、おれに向けているまなざしには油断がなかった。金持ちになってガイアへ帰還したにもかかわらず、こうしておれがエターナルへもどってきたのはなにか目的があるからだ、と読んでいるんだろう。

「……とまあ、日本円がなくて往生したけどよ、ユーゴの親父《おやじ》のおかげで助かったぜ。それに、あんな大量の金銀財宝を換金《かんきん》しようとすれば、買い手も探《さぐ》りを入れてくる。そのあたりも勇造さんがよろしくやってくれることになって、みんな大助かりだ」

テーブルにつくと、おれはざっと帰還組のことを語って聞かせた。

「なるほど。じゃあ、ナツキとジローが赤ちゃんになってしまったリサさんを養育するのに、お金の面でこまることはないな。それを聞いてひと安心だ」

ユーゴは虚空《こくう》に視線をやった。こいつはもうすっかりエターナル人として生きているが、それでもガイアのことを聞けば懐《なつ》かしいだろうし、帰りたい気持ちも皆無《かいむ》ってわけじゃねえはずだ。

「ところでラムダは、この後どうするの？　やっぱり餓狼《がろう》団の頭目として復帰するの？　そうだとして、その後はどーすんの？　悪いことする気なら、それはだめだよぉ～」

イシュラが冗談《じょうだん》めかした口調で探りを入れてきた。

「もちろん、おれにとってなにが心配かといえば一にも二にも手下どもだ。荒《あら》くれの集まりだからな、おれが睨《にら》みをきかせておかなきゃ、なにをしでかすかわからねえ。はぇぇところ、おれの帰還を知らせるに越したこたァねえんだ。だが、今日のところはひとまずここに泊《と》めてくれ」

おれは当たり障《さわ》りのない返答にとどめておいた。

まだ昼を少し回った時刻だったから、おれはてきとうなところで話を切り上げると外へ出た。で、アイスデーモンを召喚《しょうかん》して材木の運搬《うんぱん》や大工仕事を手伝ってやったんだが、みんな大喜びだったぜ。おれも勇者PTの一員、このエターナルじゃ有名人だからな。

夜――。

かくべつ豪勢《ごうせい》ってわけじゃないが、レヴィアの心づくしのうまい飯をかっこみ、ひと息ついたところでユーゴが立ち上がった。

「ラムダ、ちょっと外を歩かないか」

来たな……。おれがなぜエターナルへ帰還したのか、真意を探るつもりか。

「あ、いいですね。あたしも夜風に――」

イシュラが腰を浮《う》かせたが、レヴィアが袖《そで》を引いて首を横に振《ふ》った。ここはユーゴにまかせようってわけだ。

「じゃあ、少し出てくるよ」

ユーゴはおれを連れて村道を歩き、広場らしき場所までやってきた。

酔《よ》っ払《ぱら》いだの、星を眺《なが》めているカップルだの、人の姿がちらほらある。だが、かなりの広さがあるんで、距離《きょり》を置けば話を聞かれる心配はない。

「おっ」

おれは広場の中央に台座が設けられ、でかい剣《けん》を握《にぎ》ったゴーデスの彫像《ちょうぞう》が立っていることに気づいた。といっても復興半ばの村だからな、この彫像もまだ彫《ほ》りかけの状態だ。

「家には見当たらなかったが、ひょっとしてゴーデスブレードはあそこに保管してんのか？」

「そうだ。あの花崗岩《かこうがん》の像の中央に芯《しん》としてゴーデスブレードを据《す》えた」

「ふん。あんな攻撃力《こうげきりょく》の剣を一個人が好きなように振り回せる状態じゃ、権力者どもが不安がるだろうって配慮《はいりょ》か」

「ステータスウィンドウを見て気づいているかもしれないが、おれたちはすでに神から授《さず》かったLVや特別な呪文《じゅもん》を失っている。ただし職業《クラス》の名前はそのままだし、最終決戦時の専用装備はあいかわらず装備できるんだ。とはいえゴーデスブレードはおれがずっと持ち続けるには大きすぎる力だから、必要のない時は眠《ねむ》らせておくべきだと思う」

「……そういやァ、邪神の骸《むくろ》から飛び散った魔神の核《コア》はどうなった？　もう全部回収したのか」

「いや。高額の報奨金《ほうしょうきん》をかけて各地の冒険者《ぼうけん》たちに探させているんだが、速《すみ》やかに回収できたのはたった二個だ。バルザとニンガヤッシュの核《コア》で、どちらもすでに魔神の雛形《ひながた》とでもいうべきモンスターに変貌《へんぼう》していた」

「ほう」

「だがいずれは、ひとつ、またひとつと回収されてゆくはずだ。さて――」

ざっと周囲を見渡《みわた》して聞き耳を立てているやつがいないか確かめ、ユーゴは足を止めた。

「単刀直入に聞きたい。ラムダ、なにをするためにもどってきたんだ？　問題が起きる前に聞かせてくれ」

「おれが問題を起こすと確信している口ぶりだな」

「ちがうのか？」

「そうさなァ、そうだともいえるし、そうでないともいえる」

「当てよう。自分の国を興《おこ》す気だな」

！

「おれって、そんなにわかりやすいか？」

「ショウにくらべれば、じゅうぶんポーカーフェイスだ。ただし、ラムダは性格がはっきりしすぎている。それに、これほど早くラムダがエターナルへ帰還したことは、容易に世界を跳躍《ちょうやく》できるほど強い目的意識があり、かつ、大急ぎで着手しなければならないなんらかの計画がある……おれはそう読んだ」

「よし。隠《かく》しても始まらねえ、着手すればどうせすぐに風の噂《うわさ》で伝わることだからな。ある国をおれのもんにしちまおうっていうんだ」

「それも当てよう。アークが旧王族を完全に排除《はいじょ》し、人々をアンデッド化してこれ以上ないほど荒廃《こうはい》させたウィドラ王国。あそこへ復興活動をするとの名目で餓狼団を率いて入り、リーダーシップを発揮して人心を掌握《しょうあく》、なし崩《くず》し的に王ないしそれに相当する地位を占《し》める気だな」

おいおい……。

「てめーは超能力者《ちょうのうりょくしゃ》か？」

「残念だが、その計画はあまりにも無謀《むぼう》だし、すでに手遅《ており》れだ。ウィドラ王国領はザドラー王が腹心の部下を軍とともに派遣《はけん》している。各地のアンデッドを排除しつつ復興にあたっているんだ。多くの犠牲《ぎせい》を払《はら》い、苦労を重ねてアダナキア地方の覇者《はしゃ》となったザドラー王にしてみれば、ウィドラ併合《へいごう》は当然の報酬《ほうしゅう》だな。おれとしても文句のつけようがないし、つけるつもりもない」

「ふん。だがよ、おれだって馬鹿《ばか》じゃねえんだ、その程度の展開は読んでいたぜ。おれがウィドラへ入って我が物顔で振る舞《ま》えばザドラーが黙《だま》っちゃいねえよな。そいつはおれと

しても避《さ》けたい。そこで、だ。おれの計画ってのはな、旧ウィドラ王国領の全部をぶんどろうってんじゃなく、はしっこをちょいとばかりもらおうってのさ」

「はしっこ？」

「パールのランダル王国のすぐ北にある、旧キナルバ王国領だ。アークがウィドラを掌握した後に攻《せ》め滅《ほろ》ぼした国で、そら、お前がディシガンってアーマーナイトを討《う》ち破った川があっただろ。あれだ、あのあたりだ」

「キナルバ……」

ユーゴは考えこむそぶりを見せた。

「じつはな、ガイアへ帰還《きかん》する前に相棒のギリアムに頼んでおいた。旧キナルバ王国の王族を、どんな遠縁《とおえん》でもいい、捜《さが》しておいてくれってな。もしどうしても見つからなけりゃ、それらしく振る舞えるやつでいい。そいつを錦《にしき》の御旗《みはた》にして、キナルバ王家の復活を助けるって名目でおれが復興に乗りだし、最終的には名実ともにおれの国にしちまう」

「なるほど、考えたな。アークに滅ぼされたキナルバ王家の復活とくればいちおう筋は通るし正当性もあるから、平和と安定へ舵《かじ》を切ったザドラー王としては強く出にくい。ましてその謳《うた》い文句を口ずさんでいるのが勇者PT《パーティ》の一人となれば、体面も考えざるを得ないだろうし……。なによりウィドラ領全体からするとキナルバ領はへんぴな田舎《いなか》もいいところで、ザドラー王は無理に切りとることにさほどのうまみを感じないだろう」

「悪くねえアイデアだ、そうだろ？」

「まあな。ウィドラの荒廃ぶりは言語に絶するものがあるから、王都アウライト周辺の復興だけでもかなりの手間で、キナルバ領はまだザドラー王も手が回っていない。パール王女も今はランダル王国の復興で手いっぱいだ。ただし、ラムダがそんな真似《まね》をしたら、少なくともザドラー王は面白《おもしろ》くないはずだ。そうだろう？」

「それがどうした。他人の顔色なんぞうかがっていて、一国の王になれるかよ」

「しかし、いいか。ラムダがその件を実行に移すと、それを快く思わない者は、おそらくおれのところへ苦情を持ちこんでくるぞ。ラムダに対して抑《おさ》えが効きそうなのはおれくらいだと考えるからだ。そこで聞きたいんだが、ラムダはおれにどういう態度を希望しているんだ？　積極的な支持か？　黙認《もくにん》か？」

「黙認してくれりゃ、それでいい。表面上はおれを非難して不満たらたら、でも勇者ＰＴの一員なんで一線を越《こ》えるほど強い態度には出られねえ、くらいの感じでかまわねえ」

「…………」

「もちろん、ただで頼もうってんじゃねえぞ。ユーゴがこのエターナルで、政治的にもでかい力を持ってることはおれも承知している。こいつはそう、ひとつ借りだ。お前がおれの力が必要になった時、この借りを返してやる。そう考えりゃ悪くねえ取引だろ」

たたみかけると、ユーゴは顔を引き締《し》めた。

「では、交換《こうかん》条件、つまりこの場で取引というのはどうだ」

「ほう。おれに今すぐ頼《たの》みたいことがあるってのか。聞くぜ、いってみな」

「おれは今のところアルダ村の復興に全力を注いでいるが、それがすんだら騎士《きし》団を立ち上げようと思う」

「騎士団?」

「創世神はいった。七柱の魔神《まじん》たちは人の心から悪を吸って社会を浄化《じょうか》する役割を担《にな》っているのだ、と。ただし、流れこむ人の心の悪の量が、魔神がエネルギーとして消費する量を上回れば、彼らはどんどん強大化してついには世界を滅ぼす存在になるんだ、と。だが、おれが思うに人の本質は善かつ悪であって、悪は決して消えない。だから、魔神や邪神《じゃしん》の復活を防ぐため、悪を抑制《よくせい》するシステムを構築しなければならないんだ。ガイアでは、法律、警察、公平で透明性《とうめいせい》の高い裁判などがそうした悪の抑制に一役買っているだろう?そこで、だ。おれはある種の社会実験として、おれの思うシステムを構築すると決めた。おれが創設する騎士団は、そのシステムの一部として機能する予定だ」

「ややこしい話はやめろって。おれになにをしてほしいんだ?」

ユーゴはうなずき、おれに求める『交換条件』について話した。

「ほう……。なるほど、おれにそれをやれっていうのか……。しかしそれ、めんどくせぇし、かなり危険な役回りだぞ」

「そうだ。だから能力的に信頼《しんらい》できる相手でなければ頼めない」

「この話、ショウにはもう相談したのか？」

「いいや。この件を話したのはラムダが初めてだ。ショウは確かにおれの親友で信頼できる。でも、ショウは大がかりな組織を運営できるタイプじゃないし、なにより今はエルと結婚《けっこん》して幸福な人生を送っている。危険で困難な仕事を任せたくないんだ」

「けっ。おれにになら危険で困難な仕事を任せてもいいってことかよ」

「そうとられてもしかたないな。だが、ラムダのとんでもない計画を黙認するんだから、悪くない取引だと思わないか」

おれは考えこんだ。まったくユーゴの野郎《やろう》、難しいことをいいやがる。

「しょーがねえ、こっちも人生をかけたバクチを打つんだからな。取引してやるぜ」

「交渉《こうしょう》成立だな。ただ、いうまでもないが、よほど信用のおける者でなければこの仕事は任せられない。ラムダ、よく考えて、これと思う者を選んで使ってくれ。いうまでもないがこの仕事は最悪の場合……いわなくてもわかるな？」

「ああ」

おれは笑った。難題を引き受けた形になっちまったが、一国の王になるっておれの計画にとって障害になるものがあるとすれば、それはこのユーゴだと思っていたのさ。こいつの怖《こわ》さは嫌《いや》ってほど知ってるからな。だが、どうやらこれでその難敵はカタがついたぜ！

「じゃあ――もどるか」

「おう」

おれは星空を振《ふ》り仰《あお》いだ。

ガイアとはちがう星座たちが輝《かがや》く星空だ。

(なあ、おふくろ。悪いが、あんたの豪ちゃんは当分ガイアへはもどらねえぜ。ひょっとしたら、もう一生、会えないかもしれねえ。けどな、おれはおれの人生を生きたいんだ。わかってくれ)

おれがこういう男になっちまったのは、育てたおふくろのせいなのか。それともおれ自身が生まれもっていた星のせいなのか。

とにかく、おれはおれの伝説を作るために歩き出したんだ。

SCENE 2

オレ様は人間どもがいうところの冒険者《ぼうけん》なのかもしれん。

――ヴァイオン

オレ様の所有物であると誰《だれ》もが認めるエターナルを、愚《おろ》かにも強奪《ごうだつ》せんとした大アホの邪神なんちゃらは死んだ。ヴァイオン様に迷惑《めいわく》をかけるなんて許せない！　とエターナルのみんなが集まり、オレ様と力をあわせてボケナスをブッ殺したのだ。

あのヴァイオン祭りから、かれこれ半年が経《た》つ。

ざざぁーん……。ざざぁーん……。

ここはオレ様の財宝置場その四（別名・暗黒島）の浜辺《はまべ》。

オレ様のおかげで力をとりもどした太陽が「ヴァイオン様、ありがとうございます」とうれしげに輝いている。波も風も穏《おだ》やかで、じつに気持ちの良い日だ。

オレ様はあたたかな砂浜に寝《ね》そべり、目を細めて、波打ち際《ぎわ》で遊ぶ妻子を見つめていた。

「ほら、ピュリホー。えいっ！　えいっ！」

アーロメイアがしっぽを使ってぱちゃぱちゃとピュリホーに水を浴びせる。ピュリホーはきゃあきゃあいいながら楽しげに逃《に》げ回っている。

（うーむ。アーロメイアのしっぽはエロいっ！　官能的で、優美で、躍動感《やくどう》があって……。それにピュリホー！　こんなにかわいい娘《むすめ》さんはエターナル広しといえど二人といまい。オレ様は果報者だな。ま、エターナルで神々の次に偉《えら》いオレ様がそういう人生送っちゃうのは当たり前なんだけどっ！）

さてしかし、オレ様が美しきアーロメイアを娶《めと》った経緯《けいい》については少々説明が必要だろう。聞きたいか？　なに、聞きたいとな。そうだろう、うむ、そうだろう！

邪神との戦いの後、オレ様率いるドラゴンズは戦死者の弔《とむら》いをした。病死や老衰《ろうすい》ならともかく、ドラゴンが戦死するなど常識的には考えられん事態だ。あの戦いは、ほんとうに凄絶《せいぜつ》なものだったのだ。

つってもよー、死んだやつのこと悲しんだところで生き返るわけじゃねーしなー。オレ様はすぐに気持ちを切り替《か》え、アーロメイアとの約束を守るべく、一緒《いっしょ》に旅に出ようと申し出た。そう、美しき未亡人アーロメイアの行方《ゆくえ》知れずの娘を捜す旅に、だ。

しかし、色々あったからオレ様もアーロメイアも疲《つか》れていた。そこでオレ様は、ひとまず彼女をオレ様の財宝置場その四にご招待することにしたのだ。下心がなかったかといえば嘘《うそ》になる。アーロメイアのような世に並ぶものなき美しき女性を放《ほう》っておくのは、貴重な資源の浪費《ろうひ》にも等しい……！　彼女のような生きた宝石は、オレ様のような知性と力と高潔さを備えた男性が保護するべきなのだ！　そうだろう？

オレ様は（よーし。アンティラどもをきりきり働かせてアーロメイアに最高のおもてなしをしちゃうぞー。そんでもって、オレ様が貯《た》めこんだ山のような財宝を見せて色々とアピールしちゃうぞー）と意気ごんでいた。

ところがっ！　なんたる運命であろうか、オレ様びっくり！

財宝置場その四に帰ったオレ様を、女王アナンダナン以下のアンティラたち、そしてピュリホーが浜辺で盛大《せいだい》に出迎《でむか》えてくれたのだが——。

「ちち！　おかえりー！」

「おおっ、ピュリホー！　父はエターナルを救って帰ってきたぞ！」

感動の再会を果たすオレ様とピュリホーを、アーロメイアはまじまじと見つめた。

「……ピュリホー？　ピュリホーなのですか！」

彼女はやおら突進《とっしん》してきて、しっぽでくるくるとピュリホーを巻き取り、顔を寄せた。

「うっ？　な、なにをするのだ！」

まさかっ！　我が子を失ったアーロメイアは、オレ様とピュリホーの幸せいっぱい胸いっぱいな親子愛を見せつけられて乱心してしまったのか？

と、思いきや。

「ああ、ピュリホー！　そんな、ピュリホー、あなたと会えた！」

アーロメイアはピュリホーに頬《ほお》ずりし、声をあげてわあわあ泣いた。

「どういうことです、ヴァイオン。まさか、このシルバードラゴンはピュリホーの……？」

女王がオレ様にたずねた。

「え。いや、なにがどうなっているのか、オレ様にはさっぱり――」

「ヴァイオン！」

アーロメイアは涙《なみだ》をいっぱいにためた目でオレ様を振り返った。

「この子は、ピュリホーは、私が捜《さが》していた娘です！」

「なんですとぉー！」

オレ様はのけぞってしまった！　だが、そういえばピュリホーとアーロメイアはどちらもシルバードラゴンだ。それにこうして並べて眺《なが》めると、目鼻立ちやしっぽが似ている！

「ウオオオオオオオ！　なんという偶然《ぐうぜん》だぁー！」

オレ様は感極《きわ》まって、空へむかってファイアーブレスを放った。

「オレ様の恵《めぐ》まれすぎた人生においてこういう偶然はよくあること。しかしっ！　今回ばかりは驚《おどろ》きだっ！　オレ様は以前、このピュリホーを人さらいの手から救出し、以来、オレ様の娘として大切に育ててきたのです！　まさかピュリホーがあなたの娘だったとは」

「……そうだったのですか……」

アーロメイアは愛《いと》しげに顔を寄せ、ピュリホーに頬ずりした。

でもピュリホーは少し怯《おび》えた様子で、助けを求める視線をオレ様に寄越《よこ》していた。

「ちち。このひと、だあれ？」

むむぅ。アーロメイアが夫とピュリホーを巣へ残し、夫の病を癒《いや》す手立てを求めて旅立った当時、ピュリホーはあまりにも幼すぎたのだな。母を覚えていないのだ……。

「ピュリホー、よく聞いてくれ」

オレ様はピュリホーに顔を寄せた。いつか話さなければならないとわかっていた。こういう形でその日が訪《おとず》れるなんて、運命を司《つかさど》る神もなかなか洒落《しゃれ》た計らいをするではないか。

「ずっと黙《だま》っていたが、父は……このヴァイオンはピュリホーのほんとうの父ではないのだ。でも、ここにいるアーロメイアはピュリホーのほんとうの母なのだぞ」

ピュリホーは目をぱちくりさせた。ううむ、まだこういう話は理解できないのか。

ピュリホーはアーロメイアを眺め、オレ様を眺め、小さな頭で事態を理解しようと努力している風だった。けれど「よくわかんない」とつぶやき、そしてこういった。

「ちちは、ちちなの」

うわあああああああああ！　オレ様涙腺決壊《るいせんけっかい》！　オレ様、ほんとうの父ではないって告白しちゃったのに、父だといってくれるなんて！　なんという大感動劇場！

オレ様が「ピュリホー！　ピュリホー！」と名を呼びながら人目もはばからず泣き始めると、ピュリホーは母のしっぽからするりと抜《ぬ》けだして、オレ様の頭にぴとっと止まった。

「シルバードラゴンよ」

女王アナンダナンがアーロメイアに話しかけた。

「このヴァイオンは性格に少々問題があります。けれど、このピュリホーを愛し、責任を持って今日まで育ててきました。このように、ピュリホーもヴァイオンによくなついています。あなたがほんとうの母親であっても、無下に引き離《はな》して良いものとは思えません」

「は……はい。でも――」

「わかっています。行方不明の娘を見出《みいだ》した今、再び一緒に暮らしたいと思うのは母親として当然のこと。だから私は、あなたがヴァイオンともどもこの島に滞在《たいざい》する許可を与《あた》えましょう。ただし！　それはあなたが、私たちに迷惑をかけないことが大前提です」

アーロメイアは首をかしげた。ドラゴンにとって、人間やドワーフなどはとるに足らない生き物なのだ。ましてや、アンティラは人間やドワーフよりも小さくて貧弱な生き物とされている。そんな生き物に高圧的なものいいをされたのだ。

「おっと、紹介《しょうかい》がまだであった。このアンティラたちは、アナンダナンを女王にいただき、この島で暮らしているのだ。オレ様はピュリホーのことでなにかと世話になってきた」

「そうだったのですか。女王よ、今日までのことはもちろん、私がこの島に住む許可をくださったこと、感謝いたします。みだりに問題を起こしたりはしません。父の名と母の愛にかけて誓《ちか》います」

アーロメイアは女王にむかって頭《こうべ》を垂れ、神妙《しんみょう》に告げた。

「よろしい。では、私たちはいったん引きあげます。ヴァイオン、アーロメイアと今後のことについてよく話し合うのですよ。くれぐれも短気を起こさず、冷静に」

「なにをいう！　オレ様は常に冷静だ！　あまりにも沈着《ちんちゃく》冷静なので、両親はオレ様について『この子の将来は哲学《てつがく》者で決まりだな』といっていたくらいなのだ！」

「ピュリホー、来なさい」

女王はオレ様を無視してピュリホーを手招きした。ピュリホーはぱたぱたと翼《つばさ》をはためかせて女王の前にいった。

「じょおうさま、なあに」

「ピュリホー。あなたは私にとっても、とてもかわいい娘です。でも私はアンティラで、あなたはドラゴンです」

「ぴゅりほは、ピュリホー。どらごん、なの」

「だから、ピュリホー。これからは、ほんとうのお母さんであるアーロメイアと一緒に寝たり、遊んでもらったりするのです。それが、あなたにとって良いことなのです」

「そうなの？」

「ええ」

女王はピュリホーの頭を優《やさ》しく撫《な》でると、アーロメイアにむかって軽くうなずき、去っていった。ほかのアンティラたちがその後に続く。

「あの人はピュリホーにとって、育ての母であったということなのでしょうか」

アーロメイアが考え調子につぶやいた。

「む……。そういえなくもない。ピュリホーをとてもかわいがり、慈《いっく》しんでくれたのだ」

オレ様は女王に対して申し訳ない気持ちになった。女王は、これからはピュリホーと距《きょ》離《り》を置かねばならんことを、少なからず寂《さび》しいものに思っているのであろう。

その日以降、アーロメイアはオレ様やピュリホーとともにこの島で暮らすことになった。

アーロメイアは今日までの分をとりもどそうとするように、ピュリホーをかわいがった。

最初のうちピュリホーはアーロメイアを警戒《けいかい》していたが、母の愛が通じたか、次第《しだい》に打ち解け、心を開いていった。

二か月もすると、ピュリホーはもうすっかり、アーロメイアをほんとうの母親と認識《にんしき》して甘《あま》えるようになっていた。

そうして、まあ、なんだ。一緒に暮らしているのだから、そこはそれ、オレ様とアーロメイアの心もぐんぐん近づいていって、だな。

四か月後、オレ様とアーロメイアはこの島で結婚式《けっこんしき》を挙げた。アンティラたちが盛大に祝い、心づくしの宴《うたげ》を開いてくれて、夫婦《ふうふ》となったのだ。

＊　＊

（とまあ、ピュリホーの母を捜しあて、アーロメイアの娘を捜しあて、さらにはオレ様にふさわしい美しい嫁《よめ》までもらって、順風満帆《じゅんぷうまんぱん》、なにひとつ不足のない完璧《かんぺき》な人生を送っているドラゴン界の貴公子ヴァイオン様なのだが――）

ざざぁーん……。ざざぁーん……。

「はは、かいがら！　しろい！　きれい！」

「まあまあ、本当に綺麗《きれい》な貝殻《かいがら》ね」

打ち寄せる波。楽しげにたわむれる妻と娘《むすめ》。あたたかな陽光を全身に浴びながら眺めていると、なにやら無性《むしょう》に、そのう……。

ものたりん。

（なぜだ。不思議だ。オレ様はまちがいなくエターナルで一番の幸せ者なのに。心のどこかにぽつんと穴が開いている気がしてならんぞ）

今までは「ちちー、ちちー」とオレ様にじゃれついていたピュリホーが、今は「ははー、ははー」とアーロメイアのそばを離れないからだろうか？

そんな二人の間に入ることを遠慮《えんりょ》して、オレ様はピュリホーを愛《め》でつつも、少し距離を置くようにしているせいだろうか？

（いや、そういうことではない気がする）

思えばオレ様は平穏《へいおん》な日々に慣れていない。こんな風に、ひとつの場所に半年もじーっととどまっていた例《ためし》など記憶《きおく》にない。

（これが『幸せ』であり『平穏』であるのは、わかりすぎるくらいわかっているのだ）

それでいて心と身体《からだ》がうずく。オレ様はドラゴン、それもエターナル最強のドラゴンだからな。荒《あら》ぶる血と強大な力が常に騒《さわ》ぎ立てているのだ。「出せ、ここから出せ」と。

(この島はダークドラゴンを創《つく》りたもうた暗黒神カルラの聖地であり、オレ様の財宝置場その四であり、妻と娘が幸せに暮らす場所……オレ様の魂《たましい》が還《かえ》る故郷だ)

なのに、ここから出てゆきたい。ううむ、近頃《ちかごろ》のオレ様はこのことばかりを考えている。その気持ちに背を向け、我慢《がまん》して暮らしていると、自分がだめになってしまうような……そんな気がしてならん……。

「あ」

ふいにピュリホーがぱたぱたと沖《おき》へむかって飛んだ。

「あっ！　ピュリホー、沖へ出てはだめよ、危ないから！」

アーロメイアがあわてたようにさけび、オレ様も思わず鎌首《かまくび》をもたげた。

(む！)

沖合からなにかが近づいてくる。シャチだ！　いかん、ピュリホーのようなまだ幼いドラゴンにとってシャチは危険な相手だ！

「うぬっ、させるかァー！」

オレ様はひと声吠《ほ》えて、ファイアーブレスをお見舞《みま》いした。が、シャチは右へ旋回《せんかい》してあっさりかわした。

「おいおい！　いきなりなにしやがるんだ！　おれだ、おれ！」

よくよく見るとシャチの背には鞍《くら》が置かれ、人間が乗っている。

「らむだ！　らむだ！」

ピュリホーはひどくはしゃいだ声をあげた。

「おう！　誰《だれ》かと思えば、オレ様とともに邪神《じゃしん》と戦う栄誉《えいよ》を得たラムダではないか。その後、どうだ。元気にしていたのか」

むっくりと身体を起こしたオレ様は、自分がひどく陽気な声をあげていることに気づいた。平穏だが退屈《たいくつ》な日々に、ひさしぶりに変化が起こったのだ。

「このとおり元気だぜ。ファイアーブレスを浴びたら、そうじゃなくなっていたがな」

ラムダは波打ち際《ぎわ》まで来てシャチの背を下りると、オレ様を見上げて顔をしかめた。

「らむだー、らむだー」

たかが人間、とはいえひさしぶりに会うとうれしいものがあるのか、ピュリホーはラムダにしきりとまとわりついた。

「よぉ、ピュリホー。でかくなったなァ、前に会った時はもっと小さかったはずだぜ」

「ぴゅりほは、いっぱい、たべるの。ちちや、ははみたいに、おっきくなるの」

「そうか。じゃ、こいつをピュリホーにやろう。おれからの贈《おく》り物だ」

ラムダはシャチの鞍に結び付けていた袋《ふくろ》を開けて銀の輪をとりだした。大きさは人間の胴《どう》まわりほど、中央に金のラインが走り、一定間隔《かんかく》で宝石がちりばめられている。

「これ、なあに?」

「しっぽ飾《かざ》りだ。腕《うで》のいい細工師に頼《たの》んで作らせたんだぜ」

「ぴゅりほは、しっぽ、ほそいの」

「だから、ピュリホーがうんと食べて大きくなり、しっぽも太くなったらつけるといい」

「あ! そっかー!」

ピュリホーはしっぽ飾りを手にとってうれしそうに笑った。

「まあ! こんな高価な贈り物を……。七大神から力を授《さず》かった英雄《えいゆう》ともなると、そのへんの人間とは出来がちがうようね。ありがとう」

アーロメイアが礼を述べた。

「おう、アーロメイア。あんたも元気そうでなによりだ」

「それでラムダ、なんの用で島へ来たのだ? なにか問題が持ち上がり、オレ様の力を借りたいのか? 今ならちょうど身体があいているぞ」

オレ様はラムダがそういう目的で訪《おとず》れたことを期待していた。たまにはこの島を出たい。この翼で空を駆《か》け、熱き血を沸騰《ふっとう》させたい。

「そうだな……。ヴァイオン、二人で話がしたいんだが、いいか」

「無論だ。ピュリホー、アーロメイア、オレ様ちょっとここを離《はな》れるぞ」

ラムダとオレ様はしばらく浜辺《はまべ》を歩いた。

「なあ、ヴァイオン。今、幸せか？」

やがて足を止めて振《ふ》り返ったラムダは、いきなりそんなことをたずねてきた。

「もちろんだ！　贈り物の礼として、驚天動地《きょうてんどうち》の真実を教えてやろう。聞いて驚《おどろ》け、オレ様が親代わりに育てていたピュリホーは、なんとアーロメイアが捜《さが》していた行方《ゆくえ》不明の娘だったのだ！　そしてオレ様はアーロメイアと結婚《けっこん》し、今では親子三人、この島で愛に満ちた日々を送っている……！」

「アーロメイアとピュリホーの様子からして、どうもそういうことらしいな」

ラムダはべつだん驚いた様子を見せなかった。なんでやねん。

「しかしヴァイオン、そういう毎日って退屈じゃねえのか？」

「そ、そんなことは、ないぞ」

人間ごときにオレ様のような高等生物の気持ちがわかるはずもない。つまり偶然《ぐうぜん》いいあてられただけにすぎんのだが、オレ様は不覚にもうろたえてしまった。

「そうか？　おれが思うに、ヴァイオン、お前っておれと似たところがあるよな。根っからの暴《あば》れん坊《ぼう》ってやつだ。結婚して家庭を持てば幸せは幸せなんだろうが、それで心が全部満たされるかといえばそうじゃねえ。ちがうか」

オレ様は押し黙《だま》ってしまった。

「図星のようだな。ぶっちゃけた話、たまには出たいだろ、この島を。ピュリホーやアーロメイアと離れて、以前みたいに独り者の気楽さを味わいたいだろ」

「うむ……まあ……」

「今日はな、そんなお前にいい話を持ってきてやったんだ」

「ほほう」

「おれは今、この島からそう遠くない場所——ランダル王国の北、旧キナルバ王国領の復興に手をつけている。人を集め、家を建て、王国を再建してんのさ。だが、国土が荒《あ》れ放題《ほうだい》でモンスターがやたらと増えてるから、安全面について心配する声が多い」

「ふむふむ」

「そこで提案がある。キナルバの北にお前の別荘《べっそう》を用意するから、来ないか」

「別荘だと？」

「おう。昔からの住人が箱山って呼んでる四角い形の山があるんだ。そこにお前の別荘として神殿《しんでん》みてえな立派な建物と宝物庫を作らせる。お前がそこに居てくれれば、エターナル最強のドラゴンであらせられるヴァイオン様が睨《にら》みをきかせてくださるってんで、住人はみんな安心できるってもんだ。あれをしてくれこれをしてくれとはいわねえよ、ただそこに居てくれればいい。月のうち、そうさな、十日ほど滞在《たいざい》してくれりゃ御《おん》の字《じ》だ。あとはお前の好きにしてくれ」

オレ様はうなってしまった。

「どうだ？　たまには島の外へ出て羽根を伸《の》ばしたいだろ？　七大神のグラ・ドから力を授《さず》かった英雄ラムダの要請《ようせい》で……ってことなら、アーロメイアやピュリホーにいって聞かせる建前としても上出来だ。仕事、ってやつだな。そしてさっきもいったが、別荘には月に十日ほど滞在してくれればこっちは文句ねえ。ただ眠《ねむ》っているだけでもよし、別荘を拠《きょ》点《てん》にそのへんを軽く旅するもよし、うまいモンスターを食べ歩くもよし……。アーロメイア以外の綺麗なドラゴンを見つけてコナをかけることもできるぜぇ～」

「うぬっ、馬鹿《ばか》なことをいうな！　アーロメイアほど美しいドラゴンはほかにおらん！　アーロメイアに対し、オレ様が不貞《ふてい》を働くなどあってたまるか！」

牙《きば》を剝《む》いてどやしつけたものの、オレ様の怒《いか》りは見せかけのものだった。オレ様はアーロメイアとピュリホーを深く愛している……のだが、しかし……このままずっと、こんな退屈な日々が続くのは……嫌《いや》だ……。

飛び立ちたい！　ここではないどこかへ！

「気を悪くしたなら謝るぜ。だが、悪い話じゃねえだろ。なあ」

「む……ううむ……。ま、前向きに検討したい」

「もったいつけてねえで、さっさと決めちまえよ。おれだって暇《ひま》じゃねえんだ。ほかのドラゴンでもかまわねえ話だが、そこはそれ、邪神と一緒《いっしょ》に戦ったよしみでイの一番にお前に声をかけたんだぜ」

くっ……むうっ、ううむっ……。

「よしっ！　その話、乗ったあー！」

オレ様は吠えるような大声で返事をしてしまった。

「おっ。じゃあ、そういうことで話を進めるぞ」

「うむ。それで、オレ様の別荘とやらはいつ完成するのだ？」

決めてしまうと、オレ様は一刻も早く島から飛び立ちたくてたまらず、爪《つめ》で地面をひっかいていた。

「なにせ箱みてえに平らな山だからな、土台づくりにそう手間はかからねえ。資材を運びあげれば、すぐにでも作業に入れる」

「ならば石や材木を山の上に運ぶ作業は、オレ様がじきじきに手伝ってやろう。オレ様の力強い翼《つばさ》をもってすれば、人間どもが百人がかりでも運べん大荷物でも楽勝だっ！」

「ほー、そいつは助かる。じゃ、アーロメイアとピュリホーに話をつけたら、キナルバへ来てくれ。今後ともよろしく……な」

「うむ！」

その後、ラムダは女王アナンダナンにひとこと挨拶《あいさつ》するといって消えた。案外、マメな男だ。

「というわけなのだが、オレ様、たまにはこの島を離れてもいいだろうか？」

オレ様はピュリホーとアーロメイアのところへもどると、この件についておうかがいを立てた。幸せな日々に背をむけてしまうことに、少し後ろめたい気持ちがある……。

「ちち、おでかけなの？」

「う、うむ。まあ」

「ちち、ちゃんとかえってくる？」

「もちろんだ！　ピュリホーとアーロメイアがいるこの島に、必ず帰ってくる！」

「……あなた。いってらっしゃいな」

「アーロメイア、良いのか？」

「ええ。私、あなたの気持ちに気づいていたわ。あなたは荒々《あらあら》しい血を抑《おさ》えられない、ほんとうにドラゴンらしいドラゴンよ。この島での退屈すぎる日々が苦痛なのでしょう？」

「…………」

「そんな顔しないで。あなたはちゃんと帰ってくる人だとわかっているわ。たまには広い空を飛んで、心を洗濯《せんたく》してきて」

うおおおおおおお！　なんちゅーできた女房《にょうぼう》だっ！　オレ様、感激っ！

「アーロメイア。オレ様、ちょっくら島を離れるけど必ず帰ってくると約束する。ピュリホー、父はドラゴンだから、金銀財宝を、ぴかぴかを、あちこちで集めて持ってくる。そう、お土産《みやげ》だ」

「おみやげ！　おみやげ！」

「うむ！　ピュリホー、いい子にしているのだぞ！」

急に心が晴れやかになった。いや、ありがたいことだ。ラムダめ、人間の癖《くせ》になかなかできたやつよ。

オレ様は——欲張《よくば》りなのかもしれん。

家族、愛、平穏《へいおん》な日々も欲《ほ》しいが、それとはべつに熱き冒険《ぼうけん》の日々も欲しい。

でも、いいのだ！　だってオレ様はドラゴンだから！　ドラゴンは欲張ってなんでもかんでも手に入れちゃっていいのだ！　ワハハハハハハハハハ！

SCENE3

過去の自分に「君は眼鏡をかけた人間の魔法使《まほうつか》いと結婚する」といっても、信じてはもらえまい。

――エルトリーゼ・ミヤモト

庭に面したこの書斎《しょさい》は、午後の陽光が広い窓からさしこんでとても明るい。レースのカーテンをさらさらと揺《ゆ》らして、心地《ここち》よい風が入ってくる。

「ふう」

キリよく一章分読み終えたところで、私は本にしおりを挟《はさ》み、かたわらのテーブルに載《の》せた。

邪神討伐《じゃしんとうばつ》から数えること八か月、ユグドラシルは夏を迎《むか》えていた。ユグドラシルは大陸の北に位置しており、また北の海に寒流が流れているので、夏といってもそう暑くない。

すごしやすい、いい季節なのだ。

（読書もいいが、散歩に出かけるにはおあつらえむきの天気だな）

ロッキングチェアに座ったままで軽く伸びをする。

（おや）

赤ちゃんがおなかの中で動いた。きっと赤ちゃんも、太陽と風に誘《さそ》われて夏を感じたがっているんだろう……そんな風に思った矢先、ドアをノックする音がした。

「エルちゃーん、そろそろおやつの時間ですよー。お茶とクッキーもってきたよー」

夫は——ショウは私の返事を待たずにドアを開けた。

「ありがとう」

「ねえ、触《さわ》ってもいい？」

「いいとも」

ショウは紅茶とクッキーを載せたお盆《ぼん》をテーブルに置くと、かがみこんで私のおなかに耳をつけた。

「あ……！　動いてる動いてる！」

「時々、私のおなかを足で蹴《け》る。もう、そのくらいの大きさに育っているわけだな」

「楽しみだなあ、あと三、四か月で産まれるんだよね！　男の子かなあ、女の子かなあ」

「ショウはどっちがいい？」

「ずばり、女の子がいいです！　エルちゃんに似た、将来は美人になることまちがいなしのかわいい女の子がいい！　それに、僕は娘《むすめ》を育てた経験が豊富なので！」

「……えっ」

「あ。えーと、ゲームの話なんだ、うん。プ○ンセスメーカーってゲームで十人ほど育てたんだよね。グレて暗黒街のボスになっちゃった娘も一人いたけど、おおむね育成に成功してすてきな娘さんになった！」

「ゲームとほんとうの子育てはぜんぜんちがうと思うが……」

「そうかもしれないけど、でも、基本的に愛情を惜《お》しみなく注げばいいってことはわかってるんで！　もうね、女の子が産まれたら、パパは目の中に入れても痛くないってくらいかわいがっちゃうから！　甘《あま》やかし放題っ！　世界はあたしでまわ○てるくらいわがままな娘さんに育っちゃってもいい！　その結果、嫁《よめ》のもらい手がなくなってもＯＫ！　パパ、一生面倒《めんどう》見ちゃうから！」

「不吉《ふきつ》なことをいうなっ！　女の子の夢は好きな人のお嫁さんになることだ！」

「おや……。そうなの？　ふう〜ん。じゃあエルちゃんはすでに夢をかなえたというわけですなっっっっっっっっっっっっ！」

「いいから、お茶を淹《い》れてくれ。しゃべっている間に茶葉が開いて、濃《こ》くなりすぎてしまう」

私が妊娠《にんしん》してからというもの、ショウは連日このような塩梅《あんばい》だ。頭になにか湧《わ》いているんじゃないかってくらい騒々《そうぞう》しい。

でもそれは、私や産まれてくる赤ちゃんを大切に守ってこれからの日々を送ろうとする愛情を感じさせてくれるものだった。

そしてそれは私にとって、とても大きな救いになっていた。

というのも、私が妊娠したことを告げた時、両親は口では「おめでとう」と祝福してくれたものの、その笑顔《えがお》はぎこちないものだったのだ。

なぜ両親が複雑な感情を抱《いだ》いたのかはわかっている。エルフは寿命《じゅみょう》が長く、優に三、四百年は生きる種族だ。だが人間はどんなに長生きしても百年ほどで寿命を迎えてしまう。

では、エルフと人間が結婚《けっこん》して子どもをもうけるとどうなるか。ハーフエルフは、エルフの血が濃く出ればエルフ同様に長寿となるが、人間の血が濃く出てしまうと人間並みの歳《さい》月《げつ》しか生きられない。もしそういう寿命の短い子どもが産まれると、子どもが、親であるエルフ——つまり私——よりもずっと早く老いて、先だってしまうのだ。

でも私は、そういうことをすべて覚悟《かくご》した上でショウと結婚した。

ショウは私よりもずっと早く死んでしまう。私とショウの子どもも、そうなる可能性がある。

だからこそ――。

一日一日が、楽しいものであって欲しいと願う。

輝《かがや》かしき日々の記《き》憶《おく》は、決して色《いろ》褪《あ》せないものなのだから。

＊　＊

邪神討伐後、結婚して夫婦《ふうふ》となった私とショウはユグドラシルに凱旋《がいせん》。みんなを勇気づけ、励《はげ》まし、魔《ま》神《じん》グモンに破《は》壊《かい》された町を復興していった。復興は急速かつ順調に進み、私の実家も魔法学校もおおむね元の姿をとりもどした。

ただし、町の様相はかつてとは一変した。

私が、私の一存によって結んだ約束により、エルフと長年敵対していたダークエルフたちが移住してきたからだ。

エルフ側の為《い》政《せい》者《しゃ》であるエルドラス老やダークエルフ側の為政者であるスヴェンジア老は、両種族の友好を演出するため様々な催《もよお》しを矢《や》継《つ》ぎ早に行った。長老同士の交流会、大規模なお祭りの開《かい》催《さい》、双《そう》方《ほう》の軍が協力して仮想敵と戦う軍事演習、おおぜいの子どもたちを集めて行われた大運動会――。

旅行者のような部外者の目からは、エルフとダークエルフは過去のわだかまりなど捨てて、すっかり仲良くなったように映ったかもしれない。

だが実際には、そうかんたんな話ではなかった。

エルフもダークエルフも長命だ。そのためどちらの種族にも、戦いで愛する人を失った遺族がおおぜい生き残っている。「これからはお互《たが》い仲良くするように」と首脳陣《しゅのうじん》が通達しても、「はいそうですか」とはいかない者がいるのも無理からぬ話だ。

認めたくはないが、いさかいが生じるのは必然だったといえる。

酒が入った若者の乱闘《らんとう》。町の辻《つじ》に貼《は》られた、エルフを、あるいはダークエルフを中傷する怪文書《かいぶんしょ》。異種族に対しては不当に値段を吊《つ》り上げて商《あきな》いをする悪徳商人……。上層部は融和《ゆうわ》政策への反対者に厳罰《げんばつ》をもって臨んだが、それだけにこうしたいさかいは陰湿《いんしつ》化した。

当然、この融和政策の発端《ほったん》となった私にもその矛先《ほこさき》はむいた。

私とショウはエターナルを救った勇者PT《パーティ》の一員であり、今や長老以上に敬意を払《はら》われる有名人だ。けれど有名人だからこそ、嫌《いや》がらせをする側にしてみれば標的にする価値がある。

私とショウは、私の両親の強い希望もあり、新居を建てるのではなく私の実家で暮らす運びとなった。エルドラス老とスヴェンジア老は、私とショウが嫌がらせの対象になる恐《おそ》れがあると読んでいたのだろう。実家の再建が完了《かんりょう》すると、ただちに屋敷《やしき》の周囲にエルフ、ダークエルフ、両軍から特に選抜《せんばつ》された警備兵を配置すると決めた。

にもかかわらず、屋敷には何度か脅迫《きょうはく》文が投げこまれた。どうやって警備兵の目をかいくぐったものか、深夜のうちに厩《うまや》の壁《かべ》に『死ね』と大きなラクガキをされたことも一度あった。

つまりこういうことだ。世界は平和になったし、私は結婚して赤ちゃんも授《さず》かった。けれど、私たちの生活はなにもかも順風満帆《じゅんぷうまんぱん》とはいえないものだったのだ。

でもショウは私や両親の背筋を寒くする脅迫文やラクガキに対し、まったく動じない態度でこういってのけた。

「だいじょうぶ、ご心配なく。こういうことをするのは、これ以上のことができないからですよ。それに、お義父《とう》さん、お義母《かあ》さん。娘さんは僕が責任をもって守ります！」

……この男、たまにだが、かっこいいことをいう。

そしてまた、ショウの言葉は決して口先だけのものではなかった。ショウは邪神《じゃしん》との戦いで究極魔法エターナルを使い、すべての経験値を失ってＬＶ《レベル》１になってしまったが、彼はユグドラシルの復興が一段落すると、すぐにモンスター討伐《とうばつ》に出かけてＬＶ上げを始めた。「ちゃんと、エルちゃんを守れるようになりたいから」といって……。ＬＶ10あたりまでは危ない場面もあったが、その後は範囲《はんい》攻撃《こうげき》魔法《まほう》とメリンジェンの杖《つえ》による魔法攻撃力の底上げを利して順調に経験値を稼《かせ》ぎ、今ではＬＶ35になっている。

なお、ＬＶ35といっても、彼の職業《クラス》はあらゆる魔法を使いこなすカイザードのままだ。専用魔法は消失してしまったが、最終決戦に臨むにあたりメタボがこしらえてくれた強力な専用装備は依然《いぜん》として装備できる。だから実質的な戦闘《せんとう》能力においては、普通《ふつう》の魔法使いのＬＶ50くらいに相当すると思う。ちなみに私のＬＶだが、最終決戦時にはＶ120だったのが戦後二か月ほどで急激に下がりはじめ、今では元のＬＶ36にもどっている。シュラハーから授かった力の大半が消失してしまったわけだが、職業はパイロエンプレスのままだし、ショウと同様に専用装備を使える点はそのままだ。

なんにせよ、私とショウが夫婦としてすごす日々は輝いていた。

いいや。自分たちの力で、毎日を輝かせていたのだ。

＊　＊

「サモンナイトォー！」

ショウは門を出ると召喚《しょうかん》魔法を唱えた。首なしの騎士《きし》デュラハンが二体あらわれる。

「デュラハン、僕らをガードするんだ」

命令を受けてサモンモンスターはショウと私の前後に立った。

「あ。それじゃ近すぎる、もう少し距離《きょり》を置いてくれ」

黙々《もくもく》と（まあ、なにかいいたくても首がないのではしかたないが）デュラハンたちがしたがう。

「これでよし。じゃあいこう、エルちゃん」

「ああ」

こんな首なしの不気味極《きわ》まりない騎士が夏の真昼に平和な町を歩くなんて無粋《ぶすい》だ。それは私もわかっている。

けれど、妊婦《にんぷ》の私はDEX《デクステリティ》やAGI《アジリティ》といった肉体的なステータスが著《いちじる》しく下降している。もし万が一、予期せぬ刺客《しかく》の凶刃《きょうじん》に襲《おそ》われたら、どうなるか。いささかものものしすぎるきらいはあるが、これは私や赤ちゃんのことを大切に思えばこその措置《そち》なのだ。

「あ！　ショウさんだー！」

「エルさん！　エルさん！」

巨樹《きょじゅ》ユグドラシルへとむかうメインストリートを歩き出すと、すぐに子どもたちが集まってきた。伝説の勇者PTの一員として、私たち夫婦は子どもたちにとても人気がある。

「魔法みせて、魔法！」

「まほー、まほー」

子どもたちにまとわりつかれ、せがまれると、私はなんだか心がくすぐったくなる。まだ見ぬ赤ちゃんが少し先の未来を見せてくれている、そんな気がしてくるのだ。

「よーし。じゃあ、エターナル最強の魔法使いである、このカイザードのショウが！　すごい魔法を見せちゃうぞー。インヴィジブル！」

ショウが魔法を使って姿を透明《とうめい》にすると、子どもたちは「えー！　消えた！」と大騒《おおさわ》ぎした。

道行く大人たちが「おお……」と感嘆《かんたん》の声をあげる。エルフはINT《インテリジエンス》やWIS《ウイズダム》が高い種族で魔法使いにむくため、この地は魔法が盛《さか》んだ。だから、インヴィジブルの習得には非常に珍《めずら》しい魔法書が必要だと、一般《いっぱん》人でも知っているのだ。

「どーだー、すごいだろー」

ショウは姿をあらわして笑った。

けれど目は笑っていない。視線は油断なく周囲に配られている。インヴィジブルの魔法を使ったのは、いるかもしれない賊《ぞく》に対して、自分はこんなに強力な魔法使いなんだぞ、と力を誇示《こじ》する意味あいもあったのだろうか。

（ショウ。出会ったころとはずいぶん変わったな。今の君はとても頼《たの》もしい）

私はそう思う反面、心苦しくもある。彼に苦労を背負わせているのは私なのだから。

（しかし、幸せも、苦労も、わかちあって生きてゆくのが夫であり妻なのだとしたら、私たちはまさに夫婦だ）

夏の陽射《ひざ》しと風を楽しみながら、私はそっとおなかに手をあてた。

こんな風に結婚《けっこん》して、こんな風に母になるなんて、ショウたちと出会ったころは想像もしていなかった……。

私は今、まちがいなく幸せの中にいる。

だが実は、ひとつだけひっかかることがあった。

「ショウ。赤ちゃんが産まれたら、ユーゴたちは会いに来てくれるだろうか」

「ん？　ああ、そうだね。うん……お祝いに来てくれると思うよ」

ショウは答えたが、どこかそっけなさが感じられる声音《こわね》だった。

ショウにとってユーゴは無二の親友のはずだ。私は長らく同性の友人に恵《めぐ》まれなかったので、一緒《いっしょ》に冒険《ぼうけん》をしていてそんな二人をうらやましく思うことがままあった。

けれど私と結婚して、ユグドラシルで暮らし始めてからというもの、ショウはユーゴのことをほとんど口にしなくなった。意図的にユーゴの話題を避《さ》けている節がある。「そういえばユーゴは今ごろ、どうしているのかな」なんてことをいってもよさそうなのに、まったくいわないのだ。

（遠く離《はな》れて暮らしていると、親友であっても、少しずつ心が離れてゆくものなのだろうか）

まあ、私はショウの妻なのだし、ショウの心をユーゴ以上の大きさで占《し》めたいと思っている。だがその反面、ショウとユーゴにはずっと親友のままでいてほしいとも思っている。

（あ）

物思いに沈《しず》んでいると、赤ちゃんがおなかの中で動いた。

私は心配事から目をそむけて、夫との散歩を楽しむことに意識を切り替《か》えた。きっとそのほうが赤ちゃんのためにもいい、そんな気がした。

SCENE 4

あの冒険の日々が懐《なつ》かしい。

——イシュラ・イツクシマ

あたしと姉様の故郷であるアルダ村は、魔神《まじん》に蹂躙《じゅうりん》されて壊滅《かいめつ》した。なにもかもが灰燼《かいじん》に帰して、ほとんど更地《さらち》みたいなありさまになっちゃった。

でもね、軍神の化身としてエターナルに名を轟《とどろ》かせたユーゴさんが「アルダ村を復興するぞ！」って音頭をとったら、あら不思議。なにもなくなってしまったこの土地に、びっくりするくらい多くの人々が押し寄せた。元からアルダ村に住んでいた村人、家財を失い新天地を求めていた家族、戦災孤児《こじ》、勇者に憧《あこが》れる戦士や魔法使い……。すると、（おっ。この新しい村で商売をしたら儲《もう》かるんじゃないか？）と考えた商人や職人も続々と集まってきた。つまり、人が人を呼ぶ、ってやつ。

おおぜいの人が集まったってことは、労働力がいっぱい集まったってことを意味する。それだもので、復興は驚《おどろ》くほど速《すみ》やかに進んだ。次々に家が建てられ、井戸《いど》が掘《ほ》られ、鐘《しょう》楼《ろう》や広場が作られていったの。

復興事業の最中、思いもかけずラムダがエターナルへ帰ってきたでしょ。あの一か月後くらい、つまり邪神討伐《じゃしんとうばつ》から数えること三か月あまりで、あたしたちの古くて新しい故郷、新生アルダ村が誕生した。ちなみに村長は以前と同様、お父様を推《お》す声が高かったんだけど、お父様は「この新しい村には、私よりも若い村長がふさわしい」と辞退した。で、長らく村の青年団を率いてきたジャッコーさんが、栄《は》えある新生アルダ村の初代村長に就任する運びとなった。

やったー！　魔神がなんだっ！　巨悪《きょあく》がなんだっ！　あたしたちは故郷を復活させたんだっ！

もっとも、あまりにも人の数が増えたため、かつてのひなびたアルダ村とはかけ離れた景観になっちゃったんだよね。なにしろアルダ『村』じゃなく『町』って規模だし……。昔のアルダ村の面影《おもかげ》をとどめているのは、元の場所に元通りの形で復元されたファドラ神《しん》殿《でん》くらいかな？　それって、この土地で生まれ育ったあたしにはちょっと寂《さび》しいものがある。もちろん、それは贅沢《ぜいたく》な悩《なや》みにすぎないんだけど。

こうして村の復興が一段落すると、ユーゴさんはあたしや姉様と相談してから、騎士団《きしだん》の立ち上げを宣言した。

その名も、軍神騎士団。

どこの国にも――アルダ村を領するガルガンシア王国にも――所属しない完全に独立した騎士団で、目的は邪神《じゃしん》ギャスパルクの復活を阻止《そし》すること。具体的な活動内容は、次世代の勇者となる団員の育成、エターナル各地に散らばった魔神たちの核《コア》の探索《たんさく》と回収、教団と目される組織の監視《かんし》など。

あたしたちの戦いはひとまず大団円を迎《むか》えた。

けれど人の心の悪が善を上回る時、七柱の魔神は、また魔神たちの集合体である邪神は復活する。

そんな暗黒の未来を防ぐため、ユーゴさんはこの騎士団を立ち上げたってわけ。

軍神騎士団発足の噂《うわさ》は、あっというまに諸国に広まった。まだ団員募集《ぼしゅう》をかけてもいないうちから、腕《うで》に覚えのある人がアルダ村にわんさか集まってきて、一時は（うわあ……剣士《けんし》や魔法使いばかりがうろつくこのものものしい村はなんなの？）みたいな騒然《そうぜん》とした雰囲気《ふんいき》になっちゃった。

でもユーゴさんは、第一期団員は十四歳以下の少年少女のみに限ると条件を定めて、押しかけ団員のほとんどを追い返した。心が澄《す》んでいて、これといってしがらみもない者をしっかり教育するのでなければ、正義の王道をゆくこの騎士団は成り立たない、って考えたんだと思う。パール王女麾下《きか》の百星《ひゃくせい》騎士団を参考にした部分も多々あったんじゃないかなあ。

こうして選ばれた第一期団員の少年少女は約三百名。その多くは身寄りのない戦災孤児で、でもそれだけに、騎士団の仲間が家族となる子ばかりだった。

軍神騎士団の初代団長は、いうまでもなくユーゴさん。じゃあ副団長はというと……それはっ！　このあたし、イシュラ・アローネ——じゃなかった、イシュラ・イツクシマなのでしたっ！

『軍神騎士団副団長』。団員はまだLV《レベル》の低い、海のものとも山のものともつかない少年少女ばかりだけど、でもでも、エターナルの平和を守り光輝《こうき》ある歴史を紡《つむ》いでゆくにちがいない、この上なくかっこいい騎士団だもんね！　その軍神騎士団の副団長！　楽しくて、やりがいがあって、世のため人のためになる、とってもすてきな仕事だと思う。

ただ……この軍神騎士団、創設当初から大きな苦労が伴《ともな》った。

軍神騎士団創設の報が諸国に広がると、あちこちから商人だの貴族だのが村へやってきた。で、彼らは判で押したように、ユーゴさんにこう持ちかけたの。「正義のために戦うその騎士団に、ぜひとも出資させてください！」って。

だけどユーゴさんはその申し出をことごとく断った。軍神騎士団はどんな個人や組織に対しても中立でなければならない。「あの人には創設時に出資してもらったから、少々の悪さは見逃《みのが》そう」みたいなことになっちゃうのは困る。そうでしょ？

といって、あたしがヴァイオンの宝物庫からかっぱらってきた（あっ）財宝は、アルダ村再建のために全部使っちゃった。だから騎士団はほぼ無一文の状態から始めなくちゃならなかったの。もっとも、ユーゴさんがその気になればモンスターを退治してG《ゴールド》を稼《かせ》ぐなんて造作もないことだから、精神的に重苦しくなっちゃうような貧乏《びんぼう》とはぜんぜんちがったけどね。

ともかくそんなわけで、軍神騎士団の最初の仕事はLV上げでもモンスター退治でもなく、必要なものすべてを自前で揃《そろ》えることだった。村はずれの荒地《あれち》を切り開いて宿舎を建て、地ならしして練兵場を作り、テーブル、ベッド、イス、果てはお皿やスプーンといった細々したものまで、ことごとく手作りで揃えていったの。

もっとも、その作業を通じて団員の結束が高まったのはまちがいない。それに、お金をくれるって人がおおぜいいてもそれをあえて拒否《きょひ》する姿勢をはっきり打ち出したことで、この軍神騎士団はそういう組織なんだってことを子どもたちは理解したと思う。

その後、騎士団の規則を定めたり、団旗のデザインを決めたり、武器や防具を調達したり、暫定的《ざんてい》な隊を編制したり、そういうことをひとつずつ丁寧《ていねい》に積み重ねて……。二か月くらいかけて、ようやく軍神騎士団は活動を始める下準備が整った。

それからの日々は、訓練、訓練、また訓練！

なにしろ、今まで剣を握《にぎ》ったことはおろか、剣士ごっこさえしたことがない子までいるんだもの。まずは鍛《きた》えないことには、なにも始まらない。

あたしが光の女神《めがみ》アウラから授《さず》かったアウラブレスの魔法は、ステータスを底上げし、低LVの人を鍛えるのに便利だ。だけどもうあたしはその魔法を失ってしまったし、そもそも魔法の力で安易にLVだけ上げたところで、勇気ある戦士にはならない。戦うべき時に戦える心の力が備わってこそ勇者なのよ！

だからユーゴさんとあたしは、子どもたちをびしびし鍛えた。練兵場で剣を振《ふ》り、モンスター退治に出かけて経験値とGを稼ぎ、隊ごとに分かれての対抗《たいこう》戦をし……。

そうやって毎日毎日忙《いそが》しく過ごしているうちに、一日、また一日が、あっというまにすぎていった。

＊　＊

いる。

「せいっ！」

「やあっ！」

よく晴れた空の下、少年少女たちがワラを巻きつけた丸太にむかって一心に剣を振っている。

邪神討伐から数えると、もう十か月あまりが過ぎちゃった。サルドルバ地方は秋を迎えて、ここ数日、涼《すず》しい風が吹《ふ》くようになってきている。とはいえまだまだ陽射《ひざ》しは厳しいから、みんな汗《あせ》びっしょりで、足をもつれさせたり、腕の振りが遅《おく》れたりする子もいる。

だけどどの顔にも（ユーゴさんみたいに強くなりたい！　がんばるぞっ！）とかいてある。

その一途《いちず》さ、純粋《じゅんすい》さは、かつてのあたしみたいで心がなごむ。なんだか、弟や妹みたいに思えるんだよね。

でも、今のあたしはこの軍神騎士団の副団長だから！　心を鬼《おに》にして団員をびしびしごく、怖《こわ》いお姉さんだから！

「こらー！　声が小さいっ！　もっと気合入れろー！　どんなにLVやSTR《ストレングス》が高くても、戦うべき時、逃《に》げずに立ちむかう勇気がなければ絶対に勝てないんだからね！」

彼らとむかいあって剣を振っていたあたしは、ありったけの声でしかりつけた。

「せいっ！」、「やあっ！」の声が大きくなる。彼らの輝《かがや》く瞳《ひとみ》には、人の心を打つなにかが

ある。人という生き物の善性を信じたくなる、そんななにかが。

ユーゴさんは団員たちの間を歩き、「当てるんじゃない、斬《き》るんだ。もっと深く踏《ふ》みこめ」とか、「剣を振る動作を身体《からだ》になじませておけば、それが自信となって、いざという時に心を支えてくれる」とか、アドバイスを与《あた》えている。

ユーゴさんは生ける伝説というべきエターナル最強の戦士だ。種族を問わず、子どもたちは強い戦士に憧れるものだから、指導してもらった子はうれしげに顔をほころばせている。その表情もまた、かつての自分を見ているようで、あたしは心がくすぐったくなる。

(剣を振るのって楽しい。汗をかくのって気持ちいい。あたし、結婚《けっこん》して人妻になったわけだけど、こういう男の子みたいなところって変わらないんだなあ)

そう……結婚して、あたしは女になった。

夜のベッドでは、ちゃんと女らしく振る舞《ま》うよ？　だけどそれ以外の時は、男の子たちを引き連れて野山を駆《か》け回っていたガキ大将のイシュラちゃんのままなの。

(こうして練兵場で剣を振るったり、この子たちを引率してモンスター相手に実地訓練するのって、あたしの性《しょう》にあってるなあ)

つくづく、そう思う。

ただ、最近はちょっともの足りない。

（冒険《ぼうけん》したい……。ユーゴさんや姉様と、どこか未開の地へ出かけたい）

このごろ、あたしは冒険していたころの夢をよく見る。それは決まって、夢と思えないくらい鮮明《せんめい》なものなの。

冒険の夢を見てから目覚めると、（あの苦しいこと楽しいこと満載《まんさい》だった日々が懐《なつ》かしい）と思うとともに、（そういえばみんな今ごろどうしているんだろう）って気になった。

メガネとエルは結婚してユグドラシルで暮らしている。毎月手紙をやりとりしているんだけど、ユグドラシルの復興もすでに一段落。そして、なんとっ！　エルは今、妊娠《にんしん》中！

エターナルへ帰還《きかん》したラムダは、その後、手紙ひとつ寄越《よこ》さない。でも、あれこれ噂は聞くんだよね。なんでも手下の餓狼《がろう》団、それに戦災孤児《こじ》や新天地を求める人々を率いて旧キナルバ王国領に入り、復興活動をしているらしい。でも、ラムダはそのまま居座ってキナルバを自分のものにする気まんまんだともっぱらの噂だ。いかにもラムダらしいけど、ランダル王国やダーヴァイン王国がそんなわがままを認めるの？　うーん……。

そしてメタボさんだけど、彼はガイアへ帰還したきり音沙汰《おとさた》がない。

じつはね、この十か月の間にパール王女からの手紙が七通、あたしたちのもとに届いているの。王女らしい美しい筆致《ひっち》で時候の挨拶《あいさつ》や近況《きんきょう》報告がかかれていたけど、決まって『メタボの消息を知っていたら教えてほしい』との一文がふくまれていた。別れ際《ぎわ》のメタボさんとパールの姿から察するに、パールはランダル王国を立て直す忙しい日々を送りつつも、狂《くる》おしいまでに彼を想《おも》っているんじゃないかなあ……。

（みんな、どうしているんだろう。会いたい。あたしたち、あんなにも熱い日々を送った仲間じゃない。青春をともにしたPT《パーティ》じゃない。会って、いろんなことを話したい。みんなはどう思っているの？　こんな風に感じているのは、あたしだけなの？）

みんなと別れてからまだ一年も経《た》っていないのに、なんだか自分が年老いて、はるか昔の若き日々を振り返っているような、せつない――。

（あ）

あたしはハッと背筋を伸《の》ばした。今のあたしは未来を担《にな》う少年少女の訓練教官。なのに、剣に気持ちがこもっていない。いけないいけない、剣を振る動作は単調だから、ついつい考え事をしちゃう。

「声がちいさーい！　もっと剣に気持ちをこめて！」

あたしは自分に言い聞かせるべく、ことさら大きな声を張り上げて、剣を振るい続けた。

SCENE 5

自らの輝きで、世界に光の領域を広げたい。

――――レヴィア・イツクシマ

ああ、いそがしい、いそがしい！

「パン、焼けました！　釜《かま》から出します！」

「チーズは？　誰《だれ》か氷室《ひむろ》から持ってきてくれ、これじゃ足りないよ！」

「ありがとうございましたー！　またご来店くださーい！」

今日も今日とて、私のお店『ファドラの食卓《しょくたく》』は大にぎわい。まだお昼には少し早い時刻なのにほぼ満席です。優に百人以上のお客様を受け入れられる広いお店なのですから、大繁盛《はんじょう》といっていいでしょう。これがお昼時になると混雑はさらに勢いを増し、お店に入れない人たちが外に行列を作ってしまう始末です。

うにしてね」
「運ぶ品をまちがえないように気をつけて！　テーブルに置く前に、必ず一度確認《かくにん》するよ

従業員たちに注意をうながしつつ、私自身も厨房《ちゅうぼう》でいそがしく手を動かしています。野菜を切り、パンを切り、ローストビーフを切り、塩や香草《こうそう》や香辛料《こうしんりょう》を混ぜた特製バター（このバターのレシピは私が考えました）を塗《ぬ》って重ねてゆきます。はい、サンドイッチのできあがり。でもこれはお店のお客様に出す料理ではなく、軍神騎士《きし》団のためのお弁当です。私やイシュラやユーゴさんの分だけでなく、三百人もの子どもたち全員の分を作らなければなりません。ですから、どんどこどんどこ作らなければ、お昼にまにあわないのです。いうまでもなく、私一人でこなせる作業量ではありません。お弁当専用係として雇《やと》ったみなさんもせっせと手を動かし、私と同じ要領でサンドイッチを作ってゆきます。

「店長！　レヴィアさん！」

と、厨房長のセネカさんがあらわれました。セネカさんは今年で六十歳になる老練な料理人で、料理の腕《うで》が優《すぐ》れているばかりか人望もあり、このお店で働く多くの従業員に慕《した》われています。この『ファドラの食卓』を開いたのは私ですが、私の本業はあくまでファドラの神官であり、こうしてお店で働くのは午前中のみです。肩書《かたがき》としての店長は私ですが、実質の店長はこのセネカさんといっていいでしょう。

「なんですか」

「また例の人が来ているんです。どうしてもレヴィアさんに会わせろと……。追い返しますか？」

私は軽く唇《くちびる》を噛《か》み、サンドイッチを作る手を止めました。

「しかたありませんね。会います」

タオルで手を拭《ふ》き、頭巾《ずきん》とエプロンを外します。

厨房を出て従業員専用の休憩《きゆうけい》室へむかうと、恰幅《かつぷく》の良い商人風の中年男が、とってつけたようなわざとらしい笑顔《えがお》を浮《う》かべて待っていました。

「やあ、レヴィア様。どうもどうも。あいかわらず、お美しいですな」

「いそがしいので、用件をいってください」

「例の投資の件ですが……」

「お断りしたはずです」

「そうはいいますがね、お金はあってこまるものじゃありませんよ。今はこんなに繁盛していても、客というやつはわがままで、すぐに飽《あ》きてしまうものなんです。そうならないため、新しい料理を提供したり、宣伝をしたり、あれこれ手を打つ必要があります。なんやかんや、お金はかかるんですよ。それが商《あきな》いというものでして」

「ご親切にどうも。ですがこのお店は、そもそも利益など度外視してやっているんです。従業員のみんなに働きに見合うだけのお給金が支払《しはら》えるなら、それでじゅうぶんです」

「はあ、さようで。勇者殿《どの》の奥様ともなるということがちがいますなあ。しかし、です」

「いそがしいんです。もう帰ってください！」

私が声を荒《あら》らげると、男は気を悪くした様子もなく――少なくとも表面上は――お辞儀《じぎ》をして引き上げました。

「ふう……」

「帰りましたか」

セネカさんが心配げに顔をのぞかせました。

「ええ、しつこいったらないわ。セネカさん、次からはもう私にとりつぐ必要はありません。追い返してください」

「わかりました。それにしても、投資させてほしい、無利子でいいから金を借りてほしい、なんて連中が次々に押し寄せるとは。普通《ふつう》のお店を経営している者からすれば、うらやましい話でしょうな」

「そうかもしれない。でも、私にはわかるんです。この『ファドラの食卓』に投資したいとやってくる人たちは、計算高い本性《ほんしょう》を笑顔で隠《かく》しているんだ、と」

「私もそう思います。おいしい話には裏がある。それにひっかかって、私は自分の店を潰《つぶ》してしまいました。でもこうして、新しい村で新しい人生を得ることができた。レヴィアさん、あなたは私の恩人です、どこまでもついてゆきますよ」

「とんでもない、セネカさんこそこのお店になくてはならない人材です。私とお店に力を貸してくれてありがとう」

「いやあ、私くらいの人材などそのへんにいくらでもいますよ」

「ご謙遜《けんそん》！　さて、厨房にもどって今日の分のサンドイッチを作らなくちゃ」

＊　＊

邪神《じゃしん》との戦いは反教団連合軍の勝利で終わり、世界はひとまず平和になりました。

妹ともどもユーゴさんに嫁《とつ》いだ私は、みんなと一緒《いっしょ》に故郷アルダ村の復興に着手しました。

好きな人のお嫁《よめ》さんになる、それは女の子なら誰もが夢見ることです。ですから、私は夢をひとつかなえたことになります。

でも――結婚《けっこん》後、私は新しい夢を抱《いだ》くようになりました。

かつての私は、ファドラの神官の娘《むすめ》として生まれ、跡継《あとつ》ぎとして育てられたのに、漫然《まんぜん》と祈《いの》りを捧《ささ》げる日々を信仰《しんこう》と位置づけていました。愚《おろ》かだったのです。

けれど冒険《ぼうけん》を通じて私は多くのことを学びました。

私にとってもっとも大きな衝撃《しょうげき》だったのは、ファドラ御自身《ごじしん》と対面する機会を得て、神であるファドラとて万能ではなく有限の力しか持たない存在なのだと知ったことです。

それゆえ、私たち人間は信仰を通じて神を助けなければならないのです。より多くの善をなし、より多くの善の魂の力《イデア》を神に捧げなければならないのです。それは相対的に悪の集合体である魔神《まじん》たちの力を弱め、世界を破滅《はめつ》から遠ざける行為《こうい》なのです。

では世界が平和になった今、私という一個人はどのように善をなすべきなのでしょう？

ファドラの神官として人々に善の重要性を説き、いつもファドラが行いを見守っていますよと諭《さと》す、それは確かに善でしょう。

けれど私はいつしか、具体的かつ直接的な形で善を行いたいとの欲求《よっきゅう》を持つようになっていました。

サルドルバ地方には、こんなことわざがあります。『料理上手の嫁をもらうと一日三回小さな幸せがあり、料理下手の嫁をもらうと一日三回小さな不幸がある』。

あの冒険の旅の最中、私はお料理に関しては大いにPT《パーティ》に貢献《こうけん》できた、と自信をもっています。ユーゴさんはいつも私の料理をおいしいおいしいといってくれましたし、私自身、これに関しては旅を始める前からすでに自信があったのです。

その思いは急速に復興してゆく新生アルダ村を眺《なが》めているうちに、ある形をとりました。

この村に食べ物を提供するお店を開いてはどうか、と。

もちろん、どこの村や町にだって料理屋はあります。でも私が夢想するお店とは、凝《こ》った料理などひとつもなくてかんたんなものしか出さないけど、でも日々の糧《かて》としてはじゅうぶんなおいしさであり、しかも料金が安くて貧しい人たちでも利用できる……そういうものでした。

そのお店は、この世界にささやかではあるけれど、小さな幸せを増やすものだと考えたのです。

邪神討伐《とうばつ》からおよそ三か月で村の復興は一段落しました。そしてユーゴさんが軍神騎士団の立ち上げについて私と妹に相談した際、私は自分のこの考えを打ち明けました。

「なるほど、つまり大衆食堂だな」

「ええ。アルダ村はとんでもなく人口が増えました。ですからこういうお店は需要《じゅよう》があると思うんです。じつはレシピも、私が考えたこれというものをすでに用意しています」

「とてもいい考えだと思う。凝った料理ではなくかんたんな料理を提供するのであれば、本格的な料理人でなくても少し指導すれば厨房で働けるから、働き口を増やすことにもなる」

「賛成してくれるんですね！」

「ああ。ただ、おれからひとつアドバイスをしたい。店を開くのは初めてだからとこぢんまりした店を開くより、大きな構えの店にしたほうがいいと思う。大量かつ定期的に食材を使うことになれば仕入れ値を安くできるし、そうなれば提供する料理の金額も安くできるから。そして、ついでといってはなんだが、その……これから創設する軍神騎士団の団員にも食事を提供してもらえるとありがたい」

この後、お父様にも相談しました。お父様はファドラの神官として長年務めを果たしてきた人ですから、神官が厨房に入って働くと聞いてさすがに面食らった様子でした。でも、落ち着いて話を聞いてくれましたし、最後には「レヴィアの思うようにやってみなさい、私もできる限り協力するよ」と励《はげ》ましてくれました。

こうして、『ファドラの食卓』は神殿《しんでん》からほどない場所に建てられる運びとなりました。私は従業員たちと一緒に、間取りを決め、材木を運び、お店を建てたのです。妹も、ユーゴさんも、お父様も、エドやディギーやジャッコーさんといった元・アルダ村の顔なじみの人々も、熱心に手伝ってくれました。そしてまた、元・アルダ村の村民の多くは農業と牧畜《ぼくちく》で生計を立てていたため、村内に収穫《しゅうかく》物を売れる場所ができるなら運搬《うんぱん》の手間も省けてありがたいと、これまた心あたたかく食材の仕入れ先に名乗りをあげてくれて……。ああ、人の心のあたたかさとは、なんとすてきなのでしょう！　まだ開店してもいないうちから、私は涙《なみだ》ぐんでしまったほどです。

かくて、邪神討伐から数えること四か月目にして、ついに『ファドラの食卓《しょくたく》』開店！

神々よ、御加護に感謝いたします。私が勇者PTの一員であるため宣伝効果も抜群《ばつぐん》で、お店は開店するやいなや大盛況《せいきょう》となりました。

そして、邪神討伐から十か月あまりが経過した今も、客足はまったく衰《おとろ》えることがないのでした。

＊　＊

迷惑《めいわく》な来訪者のおかげで余計な時間をとられてしまいました。ああもう、お昼まで時間がないわ、急がなくちゃ！

みんなの力をあわせて騎士団用のお弁当を揃《そろ》えた時には、お昼を少しすぎてしまっていました。メニューはサンドイッチとゆで卵、それに絞《しぼ》りたての新鮮《しんせん》なブドウジュースで、そう凝ったお弁当ではありません。とはいえ三百人分も用意するのですから、たいへんな手間なのです。

「できたわね？　さあ、急ぎましょう！」

サンドイッチとゆで卵を布でくるみ、バスケットへつめこみます。バスケットを携《たずさ》えた女性、ジュース入りの樽《たる》をかついだ男性を何人も従え、お店の裏口から出て、足早に村はずれの練兵場へむかいます。

秋らしい澄《す》んだ空が気持ちいいけれど、まだまだ汗《あせ》ばむ陽気です。食べ盛《ざか》りの子どもたちは厳しい訓練でたくさん汗をかき、おなかと背中がくっつくような気持ちで、まだかまだかとお弁当を待ち望んでいることでしょう。

「ユーゴさーん！　イシュラー！　お昼ですよー！」

練兵場に着いて呼びかけると、ユーゴさんが「午前の練習はここまでとする、休憩！」と命じました。

「姉様、おそ〜い！　おなかぺこぺこだよぉ」

イシュラが汗をタオルで拭《ぬぐ》いながらやってきて、口をとがらせました。

「私のせいで遅《おそ》くなったわけじゃないわ。また来たのよ、お店に投資したいって商人が」

「えっ、また？　すごいなあ、姉様にこんな商才があったなんてびっくりだよ。お店は連日大繁盛《はんじょう》だし、断っても断っても、資金を融通《ゆうずう》したいって商人が訪《おとず》れるなんて」

「さあ、それはどうかしら。あの商人たちの狙《ねら》いは私のお店じゃなく、この騎士《きし》団だと思

うわ」

「騎士団？」

「そう。軍神騎士団はどんな組織や国家に対しても中立性を保つため、資金の提供をことごとく断っているでしょう？　それでも諦《あきら》め悪く軍神騎士団になにがしかの影響《えいきょう》力を持ちたいという人たちがいて、その人たちはユーゴさんの妻である私に狙いを変えた……そういうことなんでしょうね」

「ん！　そっか、そういう考えも……ある？　だけど姉様、ちょっと考えすぎじゃない？」

「私が疑心暗鬼《ぎしんあんき》になっているっていうの？　でもね、イシュラ。さも商人風の身なりをしているくせに、観察すると左の肩《かた》が少し下がっているのよ。以前、私がステータスを拝見してもいいですかってたずねたら、うろたえた様子で『昔は剣士《けんし》だったんです』といいわけしてからステータスウィンドウを開いたわ」

私はユーゴさんに視線を移しました。

「左の肩がやや下がっている、その意味するところは、長年、剣を左の腰《こし》に佩《は》いている者……か。レヴィア、おれのせいで苦労をかけてすまない」

「ユーゴさんのせいじゃありませんよ。さあ、お弁当にしましょう」

私は微笑《びしょう》しました。

三人して練兵場の隅《すみ》にある木製のテーブルへ移動します。すでに他《ほか》のテーブルでは、子どもたちがお弁当を広げて食べ始めています。

「ふぅー、喉《のど》かわいたー」

イシュラは樽の蛇口《じゃぐち》をひねってカップになみなみとジュースを注ぐと、男の子がするみたいに喉を鳴らしてぐびぐび飲み干しました。結婚してもう十か月が経《た》つのに、妹のこういうところはまったく変わりません。

「それにしても、師匠《ししょう》。この軍神騎士団って将来的には、世界の守護者としてエターナルを股《また》にかけて活動するわけで、いい装備とか、移動のための馬とか、いろいろなものが必要になりますよね？　お金はあってこまるものじゃないし、多少は寄付や援助《えんじょ》を受け入れてもいいんじゃないですか。つまり、怪《あや》しげな相手じゃなく、これなら！　って人をよく選んで資金を提供してもらう分には……」

イシュラは物問いたげにユーゴさんを見ました。

「イシュラ。おれは軍神騎士団を、清廉潔白《せいれんけっぱく》の旗を大きく掲《かか》げて誰《だれ》に対しても公正にふるまえる組織にしたいんだ。もちろん、騎士団の規模や活動を拡大するには資金が必要になるとおれもわかっている。でも、その資金は騎士団の団員が自らモンスター退治などの労働を通じて稼《かせ》ぐべきだと思う。当面、この方針は揺《ゆ》るがないものと思ってほしい」

「わかりました、師匠がそこまでいうなら」

イシュラはすなおにうなずきました。

でも、私には妹の気持ちが伝わってきました。

「イシュラ、冒険の日々が恋《こい》しくなったの？」

核心《かくしん》をつくと、イシュラはうろたえて「えっ」と声をあげました。

「資金の提供を受け入れてもいいんじゃないか、とあなたの気持ちが傾《かたむ》いている原因はそこにあるんじゃないかしら。この生まれたての騎士団が、あなたやユーゴさんが離《はな》れてもだいじょうぶなくらいに成長すれば、安心して冒険の旅に出かけられる……ちがう？」

「うっ、うん。姉様、よくわかったね」

「私にもそういう気持ちがあるから、イシュラもそうなんじゃないかなって思っただけよ」

「あ、そーなんだ。あのぉ、師匠。軍神騎士団の育成も大切ですけど、そのー、たまにはどこかへ冒険に出かけては——だめですか？」

イシュラがおうかがいを立てると、ユーゴさんは苦笑《くしょう》しました。

「おれだってイシュラやレヴィアと一緒《いっしょ》に冒険の旅に出たいよ。できることなら、今すぐにでも旅立ちたいくらいだ。だけど今はまだだめだ。わかってほしい」

「……ですよね。あたしたちは責任ある立場なんですし」

世界を救った勇者PT《パーティ》。邪神《じゃしん》を打ち倒《たお》し、エターナルのみんなが憧《あこが》れる生きた伝説。子どものころ、私は絵本を読んでそういう物語の登場人物に胸をときめかせたものです。しかし、いざ実際に自分がそうなってみると、大きな責任を背負い、しかるべき立場にある者の不自由さが身に沁《し》みます。人間は、平凡《へいぼん》な人生なら波乱の日々を、波乱の人生なら凡庸《ぼんよう》な日々を、といった具合に自分にはないものを欲《ほ》しがる生き物なのかもしれません。

「とはいえ、短期間の旅行くらいはかまわないと思う。ほら、ショウとエルから手紙が届いていただろう？　出産予定日まであと三か月くらいだ。赤ちゃんが生まれたら、お祝いのために三人でユグドラシルへ行こう」

「はい！　どんな赤ちゃんなのかなー、楽しみ！　メガネをかけて産まれてきたりして」

妹は無邪気《むじゃき》に喜びを顔にのぼせましたが、

「…………」

私は少し複雑な気持ちになりました。

「ユーゴさん。邪神討伐以降、かつてないほど旅行は楽になりましたね」

「ああ。エターナル各地をつなぐ門遺跡《ゲートいせき》は今や交通の大動脈だ。それに、多くの国が協調と平和へ舵《かじ》を切り、国境の解放や関所の制限緩和《かんわ》を行ってくれた。交通の便が格段に上《じょう》昇《しょう》して商人や旅行者の行き来が盛んになり、経済も活性化している」

「はい。かつてであれば船で何十日もかかった国や、モンスターの出る悪路を踏破《とうは》しなければたどりつけなかった国に、安全かつ短期間で旅ができます。でもそれは、道中が短くなり、旅の楽しみが減ったことでもある、そんな風に思えるんです」

「……そうだな。モンスターと戦いながら道なき道をゆくのが醍醐味《だいごみ》の冒険者《ぼうけん》にとっては、少し残念でもある。でもレヴィア、イシュラ。エターナルにはまだまだ未探索《みたんさく》の地域がたくさんある。軍神騎士団がきちんと軌道《きどう》に乗ったら、その時はまた冒険の旅に出よう。必ずだ」

「約束ですよ、師匠！」

「約束ですよ、ユーゴさん」

ユーゴさんは笑ってうなずきました。

そんな風に冒険の日々を懐《なつ》かしむ私たちの気持ちが、ひょっとしたらファドラに通じたのでしょうか？

「あ、そーだ。姉様、ローストビーフのサンドイッチもいいけど、こんど干し肉のサンドイッチを作ってほしいなー」

「どうして？　干し肉はどんなに上質なものでも保存食よ。やたらとしょっぱくて、ローストビーフより味が落ちるでしょう」

「そうだけど、あの冒険の最中にはよく干し肉のサンドイッチを食べたでしょ。食べ物だけでも、たまには冒険者気分をとりもどしたいな、って」

「ああ、なるほど……。そうね、じゃあ、早速《さっそく》だけど明日《あした》のお弁当は干し肉のサンドイッチにする？　ユーゴさんはどうします？」

「そうだな、おれも明日は干し肉のサンドイッチにしてほしい」

そんなことをしゃべりながら昼食をとっていた私たちのもとに、思いもよらぬ人物があらわれたのです。

SCENE 6

熱き冒険の日々よ、いつかまた。

——ユーゴ・イツクシマ

突然《とつぜん》、本能が危険信号を発した。

なにかが急速接近している！　そう直感した時にはもう、おれの身体《からだ》は思考による制御《せいぎょ》なしに動いていた。口へ運びかけていたサンドイッチを放《ほう》り出す。テーブルのわきに立てかけていた鋼《はがね》の剣をつかみざま跳躍《ちょうやく》する。

襲撃《しゅうげき》者が振《ふ》り下ろしてきた得物が陽光を反射してきらめいた。無言の気合を発し、剣の刃《は》をかざしてガードする。キンッ！　と剣戟《けんげき》の音色が響《ひび》き、おれは戦士としての血が沸騰《ふっとう》する快感をひさしぶりに味わった。

——って、お前は！

「フッ。さすが、といっておこう。平和を満喫《まんきつ》する日々でも、まだまだなまってはいないようだ」

暗殺者じみた黒ずくめの防具といい、短剣を二刀流装備にした姿といい、見まちがえるはずもない。

「メル公！」

思わぬ来訪者におれが驚《おどろ》いた次の瞬間《しゅんかん》、メル公の背後で魔法使《まほうつか》いが杖《つえ》を振り上げ、頭蓋《ずがい》骨《こつ》をカチ割るような勢いで後頭部めがけて振り下ろした。

「いってえええええええええ！」

「メル公っ！　あんた、いきなりなにすんのよ、危ないでしょうがっ！」

しかりつけるミクの声が空気をびりびり震《ふる》わせた。メル公は頭をおさえてしゃがみこみ、

「だって、やりたかったんだよ！　再会した戦士がこういうやりとりをするのは定番じゃないか！」と中二病《ちゅうにびょう》理論に彩《いろど》られた自説を披露《ひろう》した。

「んー。メル公、背が伸《の》びたけど心は成長してないねぇ」

べつの影《かげ》がさし、のんきにいった。鎧《よろい》は装備していないものの、ウォーアックスよりも肉厚なツーハンドソードを背負っている。キャラクター名はアミ～ゴ。

「まったく、なんだよ。ちょっとした遊び心だったのに」

「あ……あの……。こっ、このタオル、これ、使って」

イシュラが顔を青ざめさせながらタオルを差し出した。ぶつくさいいながら立ち上がったメル公の頭から……血が……ぴゅーぴゅー出てる……。

「あ、どうも」

メル公は受けとったタオルをぞんざいに頭の上に乗せたが、ひとすじの血がたらりとつたって鼻のわきを流れ落ちたので、首をかしげた。

おずおずとタオルをとる。それが真っ赤に染まっているのを知ると、メル公は「うわー！　なんだこれー！」と大声をあげて、あおむけにばったり倒れた。

「おい！　担架《たんか》だ！　担架もってこいっ！」

おれは大急ぎで子どもたちに命じた。レヴィアが「グルーヴァヒール！」と唱えてメル公のＨ Ｐ《ヒットポイント》を回復したが、赤いバーはぐんぐん減ってゆく。やばいんじゃないのか、これ！　ミクは「ええっ、クリティカル？　まさか、クリティカルヒットが出ちゃったの？」とおろおろしている——。

「ナースコール！」

レヴィアは急いでべつの呪文《じゅもん》を唱えた。空中に光り輝《かがや》く妖精《ようせい》があらわれ、メル公のぱっくり割れた傷口にふうっと吐息《といき》を吹きかけて消える。

この魔法のおかげでようやく出血は止まったが、メル公が意識を回復するまでには小一時間も待たなければならなかった。

＊　＊

意識を回復して上半身を起こしたメル公は言葉を発したものの、目の焦点《しょうてん》がさだまっていなかった。

「ここ……どこ？　あれ？　どうして、ユーゴがいるんだ……？」

「ここはおれの家だ」

おれはベッドに歩み寄り、メル公の前で軽く手を振ってみた。でも、メル公はきょとんとした表情のままだ。ブン殴《なぐ》られたせいで記憶《きおく》の一部が吹っ飛んでいるのか？

ミクが唇《くちびる》の前に人さし指を立てて（黙《だま》ってて！）とジェスチャーで訴《うった》えてくる。

「その……メル公。ミクたちと一緒におれたちに会いに来ただろう。でもいきなり倒れたんで、担架でここへ運んだんだ。熱中症《ねっちゅうしょう》じゃないかな」

しかたなくおれが話を作ると、ミクは「ほんと、心配しちゃった！　無事でよかったぁ～」と、しらじらしすぎて室温が下がるようなセリフを吐《は》いた。イシュラとレヴィアは（うわあ……ごまかしちゃうんだ……）と喉元《のどもと》まで出かかっているであろう言葉をどうにか呑《の》みくだしている。

ともかくメル公が起き上がったので、おれは三人の来客を居間のテーブルへ誘《さそ》った。レヴィアがお茶を淹《い》れ、イシュラが焼き菓子《がし》を皿に盛る。

「しかし、なんだねぇ。エターナルを救った勇者にしては質素な住まいだね。お兄さんは、ユーゴ君はお城なみに立派な建物に住んでいるんじゃないかなって想像してたよ」

お兄さんことアミ〜ゴが肩《かた》をすぼめた。

「そうですか？　でも、三人で住むにはじゅうぶんな広さです。とりたてて不自由は感じていません」

とレヴィアが返すと、お兄さんは好色丸出しの笑《え》みを浮《う》かべた。

「そうはいうけどねぇ〜。ユーゴ君は綺麗《きれい》なお嫁《よめ》さんを二人ももらって、しかも夜のベッドでも大活躍《かつやく》できちゃう超絶《ちょうぜつ》ＶＩＴ《バイタリティ》の持ち主だからねぇ〜。ゆくゆくはたくさんのお子様たちが！　って考えると、広いに越《こ》したことはないんじゃないのぉ〜」

「まあでも、そうなったらそうなったで、その時に考えればいいことなので」

イシュラが大真面目《おおまじめ》にこたえる。

（このアミ〜ゴって人については、リサさんから聞いたことがある。ナツキやライデン同様、旭日騎士《きょくじつきし》団の初期メンバーだったフロッグナイトだ。だけど無類の好色で、娼館《しょうかん》のあ

る町に着くたびにエッチなことをしていた遊び人だとか）

おれは脳内を検索《けんさく》して彼の情報をひっぱりだした。だが、それより重要なのは——。

「メル公とミクはおれたち同様エターナルに残ることを選択《せんたく》したけれど、アミ〜ゴさんはガイアへ帰還《きかん》したはずでは？」

たずねると、彼は「そうなんだよ」と大きくうなずいた。

「お兄さんは、エターナルへもどってきたんだ。まあ、色々と事情があってね」

「事情？　聞かせてください」

「うん。すでに誰《だれ》かから聞いて知ってるかもしれないけどね、お兄さんは風俗《ふうぞく》が大好きなんだ。理想のおっパブを開くのがずっと夢だったんだ。ユーゴ君、おっパブ知ってるかい、おっパブ。男の人がお酒飲みながら女の子のおっぱいも触《さわ》れちゃうこの世の天国。お兄さんは、お世辞にもハンサムじゃない。だけどね、そんなお兄さんでもお金を払《はら》っておっパブへ行くと女の子のおっぱい触れるの。おっパブはね、お兄さんのような顔偏差値《へんさち》に恵《めぐ》まれない男たちのオアシスなわけ。紳士《しんし》の社交場ドリームク○ブよりも過激なエデンなわけ。パラダイスなわけ。だからお兄さん、ずっと理想のおっパブを思い描《えが》いていたんだ。その実現に生涯《しょうがい》を賭《か》けようって心に誓《ちか》っていたんだ。ガイアへ帰還する時にね、宝石いっぱい持って帰ったから、それを元手にガイアで究極のおっパブを開店する予定だったんだ。性風俗産業の聖地、吉原《よしわら》で！　だけどね、いざ本格的に着手したらね、ああこれはだめだなってわかっちゃったんだよ。ガイアっていうか日本だとね、土地代も高いし、おしぼりみたいな形でスジ者にみかじめ料を払わなくちゃいけないし、警察にはなにかとつつかれるし、表も裏も規制が厳しくてめんどくさいことだらけなんだ。それでね、お兄さんはエターナルへもどろうと決意したんだ。おっパブのために。おっパブを必要とする男たちのために。つまり要約すると、こういうことなんだ。おっパブ。ＯＫ？　ドゥユーアンダースタァン？」

「は、はあ……」

あなたがモテない原因は顔偏差値よりも、まだ結婚《けっこん》して一年も経過していない新婚夫婦《しんこんふうふ》の前でおっパブについて語りまくっちゃう無神経さなのでは……とツッコミを入れたいところだったが、そこはぐっとこらえた。異世界エターナルを想《おも》う強烈《きょうれつ》な気持ちがなければ、世界の壁《かべ》を乗り越えて跳躍することはできない。いいか悪いかはさておき、この人のおっぱいに対する情熱は、まごうかたなき本物ってことだ。

「そんでお兄さん、わりと最近、エターナルへの帰還を果たしたんだ。その後、郵便ギルドを使ってメル公とミクに連絡《れんらく》をとり、再会したんだ、うん。にしても、お兄さんがガイアですごしたのは一か月弱なのに、こっちでは十か月も時が過ぎていたんだねえ」

「じゃあ、あの、リサさんとか、メタボさんとか、ガイアへ帰還した人たちの近況《きんきょう》を知っていますか？　えっとですね、メタボさんがその後どうなったのか、心配する手紙がパール王女から何通も届いているんです」

イシュラが身を乗り出し、レヴィアも聞きたげにうなずく。

「私たちが今日ここへ来たのは、それが理由よ。きっとユーゴたちもそういう情報を知りたいんじゃないかと思って」

とミク。メル公が「あれ？　そうだったっけ……？」と不思議そうにつぶやいている。

こいつの頭、だいじょうぶなんだろうか。

「えーとね、お兄さんがエターナルへもどる直前にね、旭日騎士団メンバーはもちろん、帰還組全員が連絡をとりあって、東京の渋谷《しぶや》に集まったんだ。同窓会みたいなノリで。幸い、みんな元気だったよ。ナツキとジローはリサさんもつれてきた。おれたち、この二人がちゃんと赤ちゃんを育てられるのかなって心配してたんだけど、だいじょうぶだったよ。リサさん、順調にすくすく育ってる。まだ『パパ』も『ママ』もしゃべらないけどね。ちなみに、ジローが主夫としてリサさんの面倒《めんどう》を見つつ家事を受け持ち、ナツキが外へ働きに出てるそうだ。エターナルから持って帰った財宝のおかげで生活費にはこまらないはずなんだけど、二人とも真面目だよ、うん」

「そうですか、よかった」

おれはほっとした。リサさん、ジロー、ナツキ……。幸せになって欲しいと心から願う。

「あ。ユーゴ君のお父さんもね、声かけたら、来たよ」

「えっ！　親父《おやじ》もその同窓会に？」

「うん。その席でね、お兄さんが、これこれこういうわけでエターナルへ帰還すると決めたんですが、なにか伝言あります？　って聞いたら、ユーゴ君にこう伝えてくれっていわれた。『こっちは特に問題ない。安心して自分の人生を送れ』って」

「そうですか……。ありがとう、伝言を届けてくれて」

「それであのう、メタボさんは？　メタボさんも、その集《つど》いに顔を出したんですか？」

イシュラがせっついた。

「うん。来たよ」

アミ～ゴさんは大きくうなずいた。

「メタボさんもね、来たんだ。そんでお兄さんがエターナルへもどるって話を始めたら、彼、こういったよ。『ボクも近々、エターナルへ帰還するつもりデス』って。エターナルに帰還するのって、徒歩や馬車で移動するのとはぜんぜんちがう。エターナルへの強い想いがなくちゃ、世界を跳躍《ちょうやく》することはできない。でもね、メタボさんの瞳《ひとみ》には強い意志が感じられたよ。だからお兄さんが思うに、彼は近々エターナルへもどってくると思う。いや、ひょっとしたら――」

「すでに帰還しているかもしれない……？」

おれが先にいうと、お兄さんはぱちんと指を鳴らした。

「うん、そうかもしれないよ。だけどその様子じゃ、ユーゴ君たちは彼の動向をつかんでいないみたいだね」

「今のところ連絡はありません。もっともメタボさんがエターナルへ帰還したなら、おれたちよりも、まずはパール王女と百星騎士団《びゃくせいきしだん》に連絡するのではないかと」

「だろうね。にしても、あれから十か月か。こうしてアルダ村は復興しているし、ラムダ君はお兄さんよりずっと早く帰還してキナルバの復興活動をしているっていうし、世の移り変わりは早いもんだ」

「そういえばユーゴ。ラムダのことだけど、キナルバの復興をすると口ではいいながら、実際には王国をのっとろうって野心が見え見えだって、もっぱらの噂《うわさ》だよね」

ミクがおれの表情を観察する目つきをした。

「噂はおれも聞いている。まあ、ラムダにはラムダの考えがあるんだろう……と思いたい」

おれはあたりさわりのない返事をしておいた。しかしミクのやや不満げな態度から察するに、「ラムダが勝手なことをしているのに、勇者PT《パーティ》のリーダーであるユーゴは釘《くぎ》を刺《さ》さないのか？」って空気が世間には蔓延《まんえん》しているのかもしれない。

「ともあれ、ユーゴさん。メタボさんがエターナルへ帰還するのであれば、かつての勇者PTの七人が再び揃《そろ》うことになりますね」

レヴィアが少しはしゃいだ声をあげた。

「そうだな。メタボさん帰還の報が届いたら、連絡をとりあい、一度集まるか」

「師匠《ししょう》。集まるとなったら、このアルダ村じゃなく、ランダル王国かユグドラシルで会うことにしましょうよ。騎士団の育成も大切だけれど、あたし、たまには村を離《はな》れて旅の空気を味わいたいです」

イシュラがおねだりした。

「ふーむ。ミクから聞いたけど、ユーゴ君はエターナルの平和を今後も守るため、軍神騎士団ってのを立ち上げたんだってね。あの練兵場にいた子どもたちがその団員？」

アミ～ゴさんが話題を変えた。

「ええ。まだ創設したばかりで団員のLV《レベル》も装備もたかがしれていますが、ゆくゆくは次世代の勇者を輩出《はいしゅつ》する、あるいは次世代の勇者の強力な味方となる組織です。あれから十か月、おれもそろそろ冒険《ぼうけん》の日々が懐《なつ》かしくなってきましたが、今は騎士団の育成に忙《いそが》しくて、あまり自由には動けません」

おれは少し愚痴《ぐち》っぽいかな？　と思いつつも心情を吐露《とろ》した。

「えらいなあ、気楽な冒険者の人生を我慢《がまん》して、世のため人のために、か……。お兄さんは不真面目な男だけど、ユーゴ君のような真面目な人のことを尊敬しているんだ。ほんとだよ。だからね、こうしてエターナルへ帰還を果たしたことだし、お兄さんにできることがあったら遠慮《えんりょ》なく相談してほしい。その軍神騎士団の団員たちが若い性欲《せいよく》をもてあましてこまっちゃうようなことがあったら、ぜひお兄さんのおっパブを利用してくれ。支配人のお兄さんがね、従業員のおネーちゃんたちに、いっぱいサービスするようにいっておくから」

「……覚えておきます……」

おれはお兄さんのおっぱいに対する情熱にいささか閉口しながらも、お正月やクリスマスを待ち望む子どもの気分になっていた。

ショウ。エル。ラムダ。メタボさん。パール王女、百星騎士団のラッフィーやモ・ダ、ボルド、シャーリー、フェイ——。

みんな、どうしているんだろう。

会いたかった。

SCENE 7

信用は金にも銀にも勝《まさ》るのデス。

――メタボキング

勇造《ゆうぞう》さんに電車賃を都合してもらったボクが、愛媛県松山市《えひめけんまつやまし》の『田中《たなか》』と表札がかかった小さな一軒家《いっけんや》にたどりついた時には、空に一番星が輝《かがや》き始めていマシた。

「はい、どちらさまですか？」

「幸助《こうすけ》デス。……ただいま」

インターホンにむかって告げると、玄関《げんかん》モニターのライトが灯《とも》りマシた。

……。

…………。

別人のように痩《や》せこけていたため、ボクがボクだとわからなかったのか。あるいは、やっと消えてくれたお荷物のニートが思いもかけず帰ってきたため、こまってしまったのか。インターホンとボクの間には長い沈黙《ちんもく》が流れマシた。

やがて、いかにも怒《おこ》った感じの荒《あら》っぽい足音が響《ひび》き、ドアが開きマシた。

父がもの凄《すご》い目つきでボクを睨《にら》んでいマシた。母はなにか怖《こわ》いものを相手にしているみたいに、父の後ろに半分ほど隠《かく》れていマシた。

「この馬鹿《ばか》、どこでなにをしていたんだ。とにかく入れ」

「……はい」

ボクは悄然《しょうぜん》とうなだれて家に入りマシた。エターナルで英雄《えいゆう》になったって、両親にとってボクが引きこもりのお荷物息子《むすこ》であることはなにも変わっていないんデス。

でも両親を責められまセン。ボク自身にすべての責任があるのデス。

思えば引きこもっていたころのボクは、自分が引きこもっている理由を（両親の教育が悪かったからだ）とか（ボクがこんな風なのは、親がボクをこういう人間として産んでしまったからだ）とか、そんな風に責任転嫁《てんか》していマシた。ダメ人間ここに極《きわ》まれりってやつデス……。

キッチンのテーブルにつくと、父は開口一番「幸助、どうして帰ってきたんだ。この家には、もうお前の居場所はないぞ」といいはなちマシた。

それでもボクを家に入れてくれたのは、母が父を説得してくれたからデスかね……。

父はボクが子どもだったころ、とてもかわいがり、いつくしんで育ててくれたんデス。

一人息子だったので少々期待をかけすぎていたきらいはありマスけどね。

その父がこうなってしまったのは、ボクの責任デス。なにをするでもなく部屋に閉じこもり、ただただネットとゲームをするばかりで何年も心を閉《と》ざしていたボク。そんなボクの引きこもり生活を支えていた父に、母に、「ありがとう」のひとことさえいわず沈黙していたボク……。

（この現実とむきあわねばなりまセン）

エターナルにはボクを英雄として崇《あが》め、したってくれる大勢の人々がいマス。でも、それはそれ、これはこれ。この醜《みにく》くおぞましい過去とむきあわない限り、ボクはどうにもこうにも、心のしこりがとれないのデス。

「お父さん、お母さん」

ボクは背筋を伸《の》ばして両親を見つめマシた。

「丈夫《じょうぶ》な身体《からだ》に産んでくれて、大きくなるまで育ててくれて、ありがとうございマシた。ボクは——田中幸助は、お父さんとお母さんに、もうしわけないことをしマシた。ごめんなさい。でも、これからはまっとうに生きてゆきマス。今日は、そのことをどうしてもいいたくて、迷惑《めいわく》かと思いつつも、立ち寄らせてもらいマシた」

いい終えて頭を下げると、父が動揺《どうよう》する気配が伝わってきマシた。

「幸助。今、どうしているの？　どこかでアルバイトでもして暮らしているの？」

母がたまりかねた様子でたずねてきマシた。

「そのことデスが、ボクがいなくなってからのこと、お父さんもお母さんも知りたいと思いマスので、くわしく話しマス」

そしてボクは長い長い話を始めマシた。変に誇張《こちょう》したりせず、なるべく淡々《たんたん》と、事実のみを語ったのデス。

「ゲームをしていたら異世界に？　ほんとうに、そんなことが……。探偵《たんてい》の口からその話を聞かされた時は、この役立たずと腹を立ててしまったが……」

いいさして父は口をつぐみマシた。やっぱり、あなたは優《やさ》しい父親なんデスね。ボクがどこへ消えたのか心配で、私立探偵を雇《やと》って捜《さが》させていたなんて。

「誓《ちか》って、すべて事実デス。信じてもらえそうにない話なのは百も承知デス。ただ、信じるか信じないかはさておき、どうしても受けとってもらいたいものがありマス」

ボクは革袋《かわぶくろ》に入れてエターナルから持ってきた金銀財宝をテーブルの上に並べてゆきマシた。それはちょっぴり楽しい作業で、懐《なつ》かしい感覚がよぎりマシた。確かそう、小学生だったころテストで百点をとって、それを両親に見せた時のあの誇《ほこ》らしさ——。

ところが、デス。

「幸助！　これはなんだ、盗品《とうひん》じゃないだろうな！　作り話で父さんと母さんをだまして、隠匿《いんとく》に加担させるつもりか？　犯罪に巻きこまれるのはごめんだぞ！」

父は仰天《ぎょうてん》したようにさけびマシた。

でも、信頼《しんらい》というなにものにも代えがたい大切なものを自ら投げ捨ててしまったのはボクなのデス。父の邪推《じゃすい》を責めるわけにはいきまセン。

「いいえ、作り話ではありまセン。どうか信じてくだサイ。ボクはお父さんとお母さんに、せめて金銭的に不自由のない老後を送ってもらいたくて、これをエターナルから持ち帰ったんデス。これを受け取ってもらえないことには、ボクはエターナルへ帰れまセン」

するとと母がボクの手をとりマシた。

「じゃあ幸助は、私たちがこれを受けとったら、またいなくなってしまうの？　あなた今、『帰る』っていったけど、ここは、この家は、あなたの家なのよ」

母は目をうるませて、いまにもわっと泣き出しそうデシた。

「……エターナルには、ボクの帰りを待っている人たちがいマス。もどらなければならないんデス」

「じゃあ、じゃあ――これを受けとったら、もう一生、幸助とは会えないの？」

たまりかねたように、母は洟《はな》をすすりマシた。

ボクはうなだれ、押し黙《だま》ってしまいマシた。こんなにも善良で、ボクをいつくしみ育ててくれた母に、数年間「ありがとう」のひとこともいわずに三度三度の食事を部屋まで運ばせていた自分が情けない。

「もし……」

ボクは勇気を振《ふ》り絞《しぼ》って口を開きマシた。

「もし、もう一度人生があったなら、お父さんとお母さんの子どもとして産まれたい。そして今度は、普通《ふつう》の、まっとうな人生を送りたい。本心デス。でも、それでも、ボクはエターナルへもどらなければならないんデス。ボクが人間らしい心をとりもどせたのは、たくさんの大切な人たちのおかげなんデス。みんなと一緒《いっしょ》にエターナルで生涯《しょうがい》をまっとうしたいんデス」

「幸助。お前は、ほんとうにあの幸助なのか？」

父が疑わしげに目を細めマシた。だけど目じりには光るものがありマシた。

「そうデス。こんなに痩せてしまいマシたし、心も変わりマシた。でもボクは、お父さんとお母さんの息子の田中幸助なんデス」

「そのエターナルという世界に、すぐにもどってしまうつもりなのか」

「……そのう……お父さんとお母さんが許してくれるなら、少しの間だけ、ええと、この家に根が生えてまた引きこもりになってしまわない程度の、一か月か二か月だけ、最後の思い出づくりとして一緒に過ごさせてほしいのデスが……。この金銀財宝を日本円に換金《かんきん》するのはちょっとした手間デスし、その件でボクがエターナルにいる間に知りあった厳島《いつくしま》勇造さんも紹介《しょうかい》したいので……」

父と母は顔をみあわせマシた。

「お父さん、いいですよね？」

母が確認《かくにん》口調でたずねマシた。

「わかった。幸助、しばらく家にいなさい」

父はそういうと、金銀財宝の中からグリフォンの細工物を選び出して手にとり、じっと見つめマシた。

そのグリフォンの細工物なんデスけど、ネ。

赤いサンゴで編まれた巣の中に真珠《しんじゅ》でできた卵がひとつ。その巣を黄金のグリフォンと銀のグリフォン、つまりオスとメスのつがいのグリフォンが、燃えるようなルビーの目を怒《いか》らせて外敵から守っている……そういうデザインのものデシた。

グリフォンのような強力なモンスターでも、産まれた時は無力な卵にすぎないんデス。卵からかえってもしばらくの間は、親からエサをもらわなければすぐに死んでしまう、かよわい生き物なんデス。

子どもは親の庇護《ひご》がなければ一人前にはなれんのデス。

＊　＊

ボクはおよそ一か月を実家ですごしマシた。持ち帰った金銀財宝を勇造さんの協力で日本円に換金したり、両親にプレゼントを買ったり、苦い思い出のつまった呪《のろ》われた部屋を片づけたり、小忙《こぜわ》しい日々デシた。

(ああ、やはり日本はボクの故郷デス。母が作ってくれるおみそ汁《しる》の味、電線に留まったスズメたち、電話や炭酸飲料やゲーム機、なにもかもが心にしっくりとなじみマス)

でも、エターナルへ必ずもどろうというボクの決意は揺《ゆ》るぎませんデシた。

あの地にはボクを待ってくれている人たちがいマス。両親の信頼を裏切ってしまったように、彼らの信頼を裏切ることがあってはならんのデス。

ある日のこと。

「幸助、電話よ。ライデンって人から。これって、あだななの？」

「あ、今いきマス」

旭日騎士団《きょくじつきしだん》主催《しゅさい》の同窓会といいマスか、ちょっと集まろうよとのお誘《さそ》いデシた。帰還組《きかんぐみ》は日本各地に散らばっていマスが、全員がエターナルから持ち帰った金銀財宝でひと財産築いていマス。みんな、闇雲《やみくも》な無駄遣《むだづか》いをしない限り一生働かずに暮らせるいいご身分なのデス。時間もお金もあるわけで、その気さえあれば集まるのに支障はないのデス。

というわけでボクは新幹線に乗り、集合場所の渋谷《しぶや》ハチ公前へむかいマシた。

まだ帰還してからたった一か月デス。それでも集まろうとライデン君が呼びかけたのは、帰還組のみんなが、赤ちゃんになってしまったリサちゃんとその育成に励《はげ》んでいるジロー君、ナツキちゃんの三人を心配しているだろう……と気を回してのことだと思いマス。

「やあ、ひさしぶり。ってほどでもないか」

「やっぱり日本はいいな。そりゃもちろん、エターナルだって悪くはないけどさ」

ボクらはライデン君が予約していたお店に入り、わいわいがやがや近況《きんきょう》を報告しあいマシた。

幸い、ナツキちゃんたちはうまくいっている様子デシた。ジロー君が主夫を務め、ナツキちゃんが働きに出ているとのことで、リサちゃんはジロー君によく懐いていマシた。人見知りをする時期らしく、ボクたちが手を握《にぎ》ったり、頭をなでたりすると、不安げな顔つきをしてジロー君にぎゅっと抱《だ》きつくのデス。もっともナツキちゃんいわく、双方《そうほう》の親を納得《なっとく》させるまでにはかなりのすったもんだがあったそうデスが（そりゃそうデス、ジロー君は足を失い、さらに赤ちゃんときた日には！）。

「ところでメタボさん。じつはですね、お兄さん、エターナルへもどろうと思うんですよ」

宴《えん》もたけなわのころ、アミ～ゴ君が話しかけてきマシた。大学に入るも風俗《ふうぞく》にハマってすぐに中退、エターナルでは何人もの青少年を娼館《しょうかん》に連れていって悪い遊びを覚えさせた遊び人デス。ボクより若いのにとても世慣れていて、実年齢《じつねんれい》より歳上《としうえ》に感じられマス。

「それはまた、どうしてデス？」

「むこうでね、風俗の一大ムーブメントを興《おこ》そうと思うんです、うん。おっパブで。小説家の池波正太郎《いけなみしょうたろう》先生も語っておられることですけどね、人間って衣食住のほかに、性的な欲求《よっきゅう》が満たされていればおおむね幸福な生き物だと思うんですよ。だから、エターナルの悪を減らすことにも貢献《こうけん》できるんじゃないかな、と。もちろん、お兄さんがおっパブ大好きだからってのもありますよ、うん。つまり一挙両得ってやつです」

「……ボクもそろそろ帰らねばと思うのデス。必ず帰ると誓いを立てマシたから。ランダル王国の復興と運営を助けたいんデス」

「うーん、立派。メタボさん、超立派《ちょう》です。お兄さんに手伝えることがあったら遠慮《えんりょ》なくいってください。そして見返りに、ランダル王国にもお兄さんのおっパブを開店させてください」

「はあ、まあ、考えておきマス」

「しかしメタボさん、実際のところどうです？　世界を跳躍《ちょうやく》してエターナルへ再び帰るなんて、できると思います？」

「ボクはできる自信がありマス。意志の力は時に不可能と思えることを可能にするのデス。ボクはエターナルでそれを学びマシた」

「うん。そのとおりですね！　よ～し、お兄さんみなぎってきた！　帰りましょう、エターナルへ！」

「ええ」

その日、帰宅したボクは最後に部屋をざっと点検して、処分しておくべきものがもうないか確認すると、お仏壇《ぶつだん》の前へ行ってお線香《せんこう》をあげマシた。

そして夕食の後で両親に、そろそろエターナルへ帰還するつもりであること、エターナルへ行ったら恐《おそ》らくもう二度とこのガイアへはもどらないであろうことを告げマシた。

お父さんとお母さんは……泣きマシた。そんな二人を見るのはつらかった。でも二人が、ボクが去ると聞いて泣いてくれたのは、ボクが真人間になったと認めてくれた証《あかし》デス。なにしろかつては、思いあまった父から「死んでくれ」とまでいわれたことのあるボクなんデスからね。

翌日――。

布団《ふとん》に入って眠《ねむ》ったはずのボクは、朝露《あさつゆ》に濡《ぬ》れた草原で目覚めマシた。

ボクはエターナルへ帰還したのデス。

＊　＊

エターナルへ帰還したボクは、幸いにもランダル王国のそば……ランダルの北にある旧キナルバ王国領のあたりに出マシた。なぜそれがわかったかというと、アークを討《う》つべくウィドラを目指して進軍した際にこの地を通ったので、風景に見覚えがあったのデス。

（いやはや、パジャマ姿でエターナルへ来てしまうとはマヌケな話デスね）

苦笑《くしょう》しながらボクはステータスウィンドウを開きマシた。むむ、職業《クラス》はマスターアルケミストのままデスが、LV《レベル》は49にもどっていマス。神々から得たスーパーパワーの大半はすでに消失しているのデスね。

ボクはアイテム生成に力を発揮するものの攻撃魔法《こうげきまほう》の威力《いりょく》などはたかが知れている、戦《せん》闘《とう》にはむかない魔法職デス。このへんにはさほど強力なモンスターは棲息《せいそく》していないはずデスが、用心しなければなりまセン。そこで手近な茂《しげ》みに入って錬金術《れんきんじゅつ》の材料となる草を摘《つ》みとり、「ファーストステップ」と唱えて薬草や毒消し草などのアイテムを錬成しマシた。

「おやっ？　なんだいあんた、その変ちくりんなかっこうは」

準備を整え、いざランダルを目指して出発！　……しかけたその時デス。斧《おの》を担《かつ》いだ男に声をかけられマシた。樵《きこり》デスか？　しかし、人相が悪くて山賊《さんぞく》にも見えマス。

「ボクはランダル王国を目指している旅人デス」

「ふうん。おいおい、あんた裸足《はだし》じゃねえか！　追剝《おいはぎ》にやられたのか？」

「んっ？　ああ、はい、そんなところデス。ところで、今っていつデスかね。暦《こよみ》をド忘れしてしまったんデスが」

「雪豹《ゆきひょう》の月だが……」

エターナルではすでに十か月もの時が流れていることになりマス。

「むう……。ガイアでは一か月をすごしただけなのに……」

「あんた、ちょっとおかしくないか？　追剝に抵抗《ていこう》して頭をブン殴《なぐ》られたのか？　なあ、ランダルなら南へ南へ行けばそのうち着くけど、戦乱で道は寸断されちまってるし、かなりの悪路を踏破《とうは》しなけりゃならないぞ。そんな軽装、しかも裸足でたどりつけるとは思えねえ。この近くにおれたちの集落があるんだ、案内してやるからひと休みしたらどうだい」

「あ。それはありがたい申し出デスね」

「ま、ただじゃねえけどな。もらうもんはもらうぜ。なに、気持ちばかりでいいんだ」

「あいにくG《ゴールド》の持ち合わせはないんデス。ただ、ボクは魔法使いで、材料があれば薬草とかポーションとか色々なものを作れマス。その集落についてから、そうしたアイテム類でお礼……では、だめデスかね」

「それでいいぜ。靴《くつ》も履《は》いてねえようなやつがG持ってるわけねえもんな。じゃ、そうだな、出発する前にこれを足に巻けよ」

男が手拭《てぬぐ》いを二本渡《わた》してくれたので、ボクはそれを足に固く巻きつけマシた。

で、男の後についていったのデスが、枝や小石ていどのものでも踏《ふ》むとけっこう痛い！

裸足でランダル王国へむかうのは無謀《むぼう》デスね、この男と出会えたのは幸運デシた。

「がんばりな、もうじきだ、もうじき」

男は人相の悪さに似合わず親切で、ひーこらいいながら歩くボクを時折振《ふ》り返っては励ましてくれマシた。

「ところで、ここって旧キナルバ王国領デスよね」

「そうだ」

「ウィドラのアークがダーヴァインのザドラー王に敗れたことでアダナキアの戦乱は終息したわけデスが、このあたりは今どうなっているんデス？」

ザドラー王は当然、旧ウィドラ領を我が物にしたはずデス。キナルバはアークによって滅《ほろ》ぼされウィドラ領の一部となっていたため、やはりザドラー王が領有したのでは、とボクは推測していたのデス。

「このあたりはザドラーのものにはなってないぜ。そうさなァ、いちおうはキナルバ王家の生き残りが音頭《おんど》をとって復興、って形だ」

「キナルバ王家の血族がまだいたのデスか！　しかし、『いちおう』？　なにやら含《ふく》むところありげなものいいデスね」

そもそも、キナルバ王家の生き残りが今さらのこのこ出てきて『ここは私たちキナルバの領土だ』なんて主張したところで、あのこわもてのザドラー王がそれを認めるとは思えませセン。となると誰《だれ》かがキナルバ王家の後《うし》ろ盾《だて》となって復興事業を進めている……？　むう、なにやらキナ臭《くさ》いものを感じマス。

「旅人ってやつはえてして情報通だが、あんたはそうじゃないみたいだな」

「はあ」

「キナルバ王家の生き残りってのは、お題目だ。お飾《かざ》りだ。実際に復興事業を進めてるのはな、おれたちだ。おれたちがおかしらの指揮のもと、この国を復興してんだよ」

「おかしら？」

「聞いて驚《おどろ》けよ。餓《が》狼《ろう》団を率いるエターナル最強の召喚術師《しょうかんじゅつし》にして、邪神《じゃしん》を打ち倒《たお》した勇者PT《パーティ》の一人、ラムダ様よ」

なんですとぉー！ ラムダ君はガイアへ帰還したはず！ そ、そういえば渋谷での同窓会に彼は出席していませんデシた。ボクよりもずっと早くエターナルにもどっていたのデスか？ そして、このとんでもない大事業に着手していたと？

「ラッ、ラムダ君が？ 彼は――まさかキナルバをのっとろうっていうんデスか！」

「そういうことだわな。公然の秘密ってやつで、誰も彼もわかってるさ。……って、あんた、ラムダ様に対してえらい気安い口のききかただなァ。まさかと思うが、知り合いか？」

「ボクは彼とともに勇者PTの一員として戦ったメタボキングなんデスよ」

「なにをバカな――」

いいさして、男は目を丸くしマシた。ボクの頭上にはキャラクター名が表示されているんデス。今の今までは、名前なんかどうでもいい旅人と思って確認《かくにん》してなかったんでしょうネ。

「……うそだといってくれ」

「ほんとデス」

「うわあー！　すっ、すみませんっ！　知らぬこととはいいながら！　やべえ、ぞんざいな口きいちまったよ！　なんてこった！　あ、あの、おかしらには、そのう、うまく、ええと、とりなしてくれませんか？　あっ、そうだ。靴。この靴、お貸しします。どうぞ」

「いえ、このままでけっこうデス。気にしないでくだサイ。ラムダ君が復興事業をやっているこの近くの集落、デスか？　そこへ案内してくれるだけでもありがたいので」

「めっそうもない！　とにかく、靴。この靴、使ってください。頼《たの》みます。おれがおかしらに怒《おこ》られますんで」

「はあ、そこまでいうのであれば」

男が懇願《こんがん》するので、やむなくボクは彼が脱《ぬ》いでさしだした靴を受けとり、履きマシた。でもこれ、サイズがあっていまセン。ぶかぶかで、かえって歩きにくいんデスけど……。

ただ幸い、それからさほどの距離《きょり》も歩かぬうちに集落は見えてきマシた。

「つきましたぜ、あれがそうです」

「む……むむ……。これは――」

僕はその光景を見るなり、うなってしまいマシた。

ボクたちがウィドラ軍を追撃した際、ディシガンというたった一人のアーマーナイトによって足止めを食らった、旧キナルバ王国領のナルバス川。

そのナルバス川の周囲に広がる森を切り開いて確保された広い土地に、とんでもない数の家が野放図に建っていマス……！　ほとんどは、いかにも急ごしらえといった感じの粗《そ》末《まつ》な掘《ほ》っ立て小屋にすぎまセン。ただし、炊《かし》ぎのために立ち昇《のぼ》る無数の煙《けむり》、いそがしげに行き交《か》う大勢の人々、声を張り上げる露天商《ろてんしょう》など、開拓民《かいたくみん》の人的パワーで満ち溢《あふ》れていマス。川岸には桟橋《さんばし》が作られて果物《くだもの》や穀物をてんこもりにした商船がたくさん停泊《ていはく》していマスし、これってあのう……集落って単語から連想される小規模な村なんかじゃありまセンよ。王国の卵とでもいうべき、輝《かがや》く未来を連想させる『都』デス！

「じゃあ、おかしらのところへ案内しますが、おれのこと、よしなに願いますぜ」

「ああ、はい」

ボクは曖昧《あいまい》に返事をし、唇《くちびる》を軽く嚙《か》みマシた。

ラムダ君がイケイケな性格なのは知っていマスが、まさかこんな大それたことをやらかすとは。旧キナルバ領を我が物にするだなんて、国境を接するザドラー王やパールたんの了解《りょうかい》はとっているのデスか？　そんなの知ったことかと彼の独断でやっているのだとすれば、これは平時に乱を起こす大問題デス！

「むむ……むむむ……」

僕はうなりっぱなしデシた。通りは気持ちよい活気に満ちていマス。すれちがう人々はラムダ王国、もとい新生キナルバ王国で新しい人生を始めるんだぞ！　と希望を胸に抱《いだ》いている表情デス。もうこれ、今さら「出ていけ」っていえる雰囲気《ふんいき》じゃありませンよ。なにより、ラムダ君は誰かに「出ていけ」といわれておとなしく退散するようなタマじゃありまセン。矢でも鉄砲《てっぽう》でも持ってきやがれ、ってタンカを切るに決まっていマス。

（これはラムダ君に会って、彼の真意を確かめねば）

ボクは一介《いっかい》の引きこもりから、ランダル王国の功臣となりマシた。人は変われるのデス。でもそれって逆に考えれば、エターナルの英雄《えいゆう》となったラムダ君が、領土的野心を剝《む》き出しにした危険な王に変貌《へんぼう》する可能性もあるってことなんデスよねえ。

「おかしら！　おかしら、お客人をつれてきましたぜ！」

案内の男の声ではっと顔をあげると、そこは集会所みたいな、屋根と床《ゆか》はあるけれど壁《かべ》はない大きな平屋デシた。ラムダ君はあぐらをかき、図面らしきものを前になにごとか思案している様子デシたが、ボクを見ると「おっ！」と声をあげて立ち上がりマシた。

「メタボじゃねえか！　そうか、エターナルへもどってきたんだな？」

「はい。ついさっきのことデス」

「しまらねえな、パジャマかよ。寝《ね》ていて目が覚めたらエターナル、か」

「ええ。ラムダ君はボクよりだいぶ前にエターナルへ帰還《きかん》していたんデスねえ。それにしても――またずいぶんと、大きなことを始めたもんデス」

するとラムダ君はニヤリと笑いマシた。

「まあ立ち話もなんだ、あがれよ。おい、飲み物と食い物を持ってこい！」

＊　　＊

「やっぱりエターナルだとこのかっこうが落ち着きマスね」

ラムダ君が用意してくれた魔法使い御用達《ごようたし》のフードつきローブをまとい、ボクは紅茶を飲んでひと息入れマシた。

「そのかっこうがしっくりくるってことは、心がエターナルに染まってるってこったな」

ちなみにラムダ君も学ランではなく、小ざっぱりとした飾り気のない平服を着用していマス。ただ、腰《こし》にはボクが彼のために錬成した最終決戦用装備、童子《どうじ》切《ぎり》を佩《は》いていマス。

サモンモンスターの召喚時間が倍になり、待ち時間《ディレイ》は半分になる、召喚系魔法使いにとって究極の装備デス。

「にしても、ついさっきエターナルへ着いたなんてほんとかよ。じつはもっと前にもどってきていたが、パールにいわれておれを探《さぐ》りに出向いて来たんじゃねえのか」

「いえ、ほんとについさっき着いたんデス。ところでラムダ君は、いつごろエターナルへもどったんデス？　つまり、エターナル時間で」

「今から八か月前だ。ガイアじゃ一週間しかすごさなかった。国盗《くにと》りをやらかそうってんだ、なるべく早くエターナルにもどり、手を打たなけりゃならなかった」

国盗りって……。この男、もはや隠《かく》す気さえないんデスか？　公言しても構わない情勢になってるってことデスか？

「ふむぅ。ザドラー王はこのことについてどう思っているんデスかね」

ボクはポーカーフェイスに自信がないのデスが、いちおう装《よそお》う努力はしマシた。

「ザドラーは旧ウィドラ領の大半を占領《せんりょう》したが、なんせウィドラ領は広いし、住民の大半はアンデッドにされちまった。かなり討伐《とうばつ》したが、それでもまだアンデッドが森や廃墟《はいきょ》を徘徊《はいかい》してるらしいぜ。王都アウライト周辺の復興は一段落したそうだが、アンデッドを掃《そう》討《とう》しつつ復興の輪を広げるのにはまだまだ時間がかかる。少なくとも今はまだ、ザドラーはこの旧キナルバ領まで手が回らねえのさ。なあに、おれがはしっこをちょいと掠《かす》めとったくらいじゃガタガタいわねえだろ」

「文句をいってこなくても、内心はどうデスかね。ダーヴァイン軍は精強デス、敵に回したら厄介《やっかい》デスよ」

「そんなことたァ、百も承知だ。だがおれは最強のサモナー、しかもエターナルを救った勇者PTの一員だ。体面を考えたら、おいそれとは手が出せねえさ。ユーゴとは話をつけてあるから、そっちは気にしなくていいしな」

「…………！」

「もちろん、もしもの時の備えもバッチリだ」

「というと？」

「ヴァイオンと話をつけた。軍事同盟ってやつだ。やつのためにでかい御殿《ごてん》を建ててやったぜ。ダーヴァインと国境を接する、ここの北にな。もちろんあのバカは強欲《ごうよく》だ、金銀財宝を用意するのはもちろん、ご機嫌《きげん》うかがいもしなくちゃならねえ。しかし、ドラゴンってやつはこれ見よがしに目立つからな。やつが国境付近に居座ってりゃ、それだけで抑止《よくし》力《りょく》になる」

「ヴァイオン！　あ、あのバカ――あの話が通じない相手と軍事同盟？　よくヴァイオンが承知しマシたね」

「疑うのか？　まあ、信じる信じないはまかせるさ」

この男！　ボクがいない間に、ばんばん手を打ちまくっていマス！

「……パールたんは、この件、なんといってマス？」

「ふん、気になるか？　気になるよなァ」

「もったいつけずに教えてくだサイ」

「パールは沈黙《ちんもく》してる。本人はもちろん、ラッフィーやボルドを寄越《よこ》すでもなく、ずっと音なしの構えだ」

「ダーヴァインとランダルは同盟国デス。そしてザドラー王は多くの血を流して戦乱を勝ち抜《ぬ》いた代償《だいしょう》として、この旧キナルバ領も我が物にする気でいたはず……デス」

「そこへ割って入ったこの村田《むらた》豪《ごう》ちゃんを、パールは内心舌打ちしたい思いで眺《なが》めてるといいたいのか？　そいつはどうかな。おれが思うに、パールはザドラー王の手前、おれのやってることを『こまったもんだ』と側近にいいふらしているだろうよ。つまり否定する立場をとっている。だが内心じゃ、『ちょっとうれしいサプライズ』と喜んでいて、黙認《もくにん》する姿勢だろうな」

「なぜデス」

「考えてもみろ。ダーヴァインはアダナキア連邦《れんぽう》最強の国なんだぞ。それがウィドラを併《へい》呑《どん》してさらに強大化しちまったんだ。ランダルにとってダーヴァインは潜在《せんざい》的な脅威《きょうい》なんだぜ」

「パールたんとザドラー王の関係は良好デスよ」

「そうかい。だが、ザドラー王が変心しない保証はあるのか？　ねーだろ。それにパールとしては、王が代替《だいが》わりした将来のことだって考えておかなくちゃならねえさ。ザドラーの跡継《あとつ》ぎが先代同様にランダルに対して友好的かといえば、そんなことは親のザドラーにさえわからねえって」

「………………」

「それにな、幸か不幸か、ランダル王国には門遺跡《ゲートいせき》の入り口のひとつがある。おれたちが復活させたあの門《ゲート》遺跡だ。あれはよ、今や大陸各地をつなぐ一大交通網《こうつうもう》で、商人やら旅人やらがひっきりなしに利用してるんだぜ。門遺跡の入り口がある国は、交易の要所として栄える将来を約束されたようなもんだ。いわば、ランダル王国は小国の身にすぎるでかい利権を思いもかけず手にした。それを周囲の国は『あの門遺跡があれば……』と指をくわえてうらやましげに眺めてんだ。軍事力で勝《まさ》るダーヴァインが、ランダルの持つ利権を国ごともらっちまおうと考え始めてもおかしいことはねえよ。パールとしちゃ、なにか備える手を打っておきたいところだ」

「それが、ラムダ君の行動とどうつながるんデス？」

「ふん。つまりパールにしてみりゃ、ダーヴァインとの同盟は大切だが、やつらの軍事力は強大すぎるんで、国境を接していたくはないってのが本音だろう。ましてや、アダナキア連邦は海洋国家の連合体だが、ダーヴァインは海軍じゃなく陸軍を強化することで戦争に勝ち、領土を広げてきたって国だぜ」

「つまり、パールたんはランダルとダーヴァインの間にラムダ君が国を築き、緩衝《かんしょう》地帯ができることをむしろ望んでいる、と……？」

「おれはそう読んでる。そもそもパールにゃ領土的野心はねえし、門遺跡があるおかげで黙《だま》っていても国は潤《うるお》う。おれが旧キナルバ王国領に居座ればダーヴァインを防ぐかっこうになるし、無法者のおれに備えるって名目があれば、ダーヴァインの機嫌を損《そこ》ねることなく軍事力を強化できる。そう、ダーヴァインが変心した時に備えるための軍事力をな」

　ボクは押し黙りマシた。

ラムダ君は自分の行為《こうい》がランダル王国のためになる、これは慈善《じぜん》事業なんだ、とでもいわんばかりデス。

　しかし、これほどの行動力を持つ野心家のラムダ君が、すぐ南にある大利権を――ランダル王国にある門遺跡を――放置しておくのデスかねえ……。

ボクは突然《とつぜん》、闘志《とうし》をかきたてられているのを自覚しマシた。

(この男が平時に乱を起こすのは、このボクが許しまセン)

不肖《ふしょう》このメタボキング、パールたんのため、ランダル王国のため、働かねば。

この野心家によって再びランダルが戦火に見舞《みま》われる事態は、未然に防がねば！

「ところでよぉ、メタボ」

ラムダ君はボクの闘志を知ってか知らずか、あいかわらず軽い世間話でもしている風な口ぶりを変えまセン。

「このタイミングで帰還したのは、なにかのお告げがあったのかもしれねえなァ」

「ほう、今度はなんデス」

「じつはな、パールに縁談《えんだん》が持ち上がってんのさ」

え。

「えっ、縁談っ？　なっ、なんデスか、それはっ！　パールたん、まだ十二歳デスよ！」

「こっちの世界の時間を考えろ、もう十三歳になってるぜ。もちろんまだ子どももいいところだが、日本だって戦国時代のお姫様《ひめ》は十歳だの十二歳だので縁談がまとまってた。政略結婚《けっこん》ってやつだ」

「政……略……」

「さっきもいったが、ダーヴァインはランダルの同盟国として心強い反面、怖《こわ》い相手でもある。そしてまた門《ゲート》遺跡を持つ国にとって、これによってつながった国は実質、新たな隣《りん》国《ごく》だ。その隣国の中で、ダーヴァインに対して抑《おさ》えがききそうな国との間に縁談が持ち上がってるわけだ」

「どこの国のどいつデスか！」

「でけぇ声出さなくても教えてやる。ガルガンシア王国の、なんつったかな、そうだ、リチャードだ。ガルガンシアの王位は先代の長男にあたるフレデリックが継《つ》いだ。このリチャードってのは先代の三男だぜ。ただし、いいか、まだ本決まりじゃないそうだ」

「ふうむ。教えてくれてありがとう、といっておきマス。ひとまずボクはこれで失礼しマスね」

「おう。そうだ、馬を用意してやろう。お前としちゃ、一秒でも早くランダルへもどりたいだろうからな」

「では、お言葉に甘《あま》えて」

「ふん……。まあ、なんだ。お前がランダルにもどって重臣になったら、今後ともよろしく頼《たの》むぜ。お互《たが》い、なにかと協力できることもあるだろうからな」

うむむ。

勇者PT《パーティ》では、なんといってもユーゴ君がリーダーシップを発揮していマシた。ショウ君やラムダ君は、あくまでそれをサポートする立場、とボクの目には映っていたんデス。

(しかし、この男、よもやここまで大きな爪《つめ》と牙《きば》を隠し持っていたとは)

ボクは戦慄《せんりつ》していマシたが、奇妙《きみょう》なことにある種の安堵《あんど》感《かん》も覚えていマシた。

パールたんも、百星騎士《びゃくせいきし》団のみんなも、しっかり者デス。たとえボクがいなくてもじゅうぶんやっていける、そう思っていマシた。

でも今は、こう思うのデス。

やはりランダル王国にはボクがいるべきだ、と。

いなければ危《あや》うい、この男には対抗《たいこう》できないだろう、と――。

「では、ラムダ君。またいつか会う日まで」

ボクが馬上でお辞儀《じぎ》をすると、ラムダ君は「ああ、またな」とそっけなくいいマシた。

口調こそ軽いものデシたが、ボクは彼の姿に底知れない大きな力を感じマシた。そしてそれは、ボクの心に灯《とも》った闘志の火をさらにあおることとなったのデス。

SCENE 8

私とて、玉座を離《はな》れれば一人の女性。

――プリンセス　パール

曇天《どんてん》の空の下、私は城のテラスに出て漫然《まんぜん》と町を眺めていた。

(教団とその手先であるアークとの戦いが終結してから十か月……。国の復興もどうやら一段落した。私たちは平穏《へいおん》な日々をとりもどしたのだ)

城の正門から市街をつらぬいて延びる目抜《めぬ》き通りへと視線を転じる。

通りの途中《とちゅう》には広場があり、銅像が立っている。槍《やり》を携《たずさ》え、髪《かみ》を振《ふ》り乱し、敵を迎《むか》え討《う》つべく身構えた老婆《ろうば》の像。アダナキアの戦乱に義憤《ぎふん》を覚えて立ち、無辜《むこ》の民《たみ》のために戦ってくれたウメさんの像だ。私はこの偉大《いだい》な人物になんらかの形で報《むく》いたかったが、彼女は邪神《じゃしん》との戦いのさなか武運つたなく落命してしまった。そこで私は彼女の功績を讃《たた》え、その生きざまを後世に伝えるべく、銅像と碑文《ひぶん》を作らせた。

雨が降り出しそうな空模様だが、銅像となったウメさんの周囲には多くの人々が集まっていた。感謝の祈《いの》りを捧《ささ》げるランダル人もいれば、興味深げに碑文を読む外国人もいる。

(我が国は門遺跡《ゲートいせき》を領有することとなったため、他国から旅行者や商人や移民がどしどしやってくる。ランダルは父祖の代から、アダナキアの戦乱で生じた難民を受け入れてきた。そうした他国人の流入に寛容《かんよう》なお国柄《くにがら》も、人的資源の増加に拍車《はくしゃ》をかけているようだ)

そう——今や新生ランダル王国には驚《おどろ》くほど多くの人と金が流れこみ、私がことさら指揮をとらずとも民の力によって発展している。これまで我が国が舐《な》めてきた辛酸《しんさん》が報われた形で、このまま順調に平和が維持《いじ》されるなら、豊かな将来は約束されている。国庫も潤ったので、私は百星騎士団《ひゃくせいきしだん》の子どもたちなど苦労をともにしてきた人々に対し、じゅうぶんな恩賞を与《あた》えることができた。

だが……。

(私の心は明るくない)

ふと気がつくと、ため息をついてしまっている。

目を閉じると、瞼《まぶた》の裏に一人の男性の姿を思い描《えが》いている。

(メタボよ。ガイアへと帰還《きかん》する際、こういったな。必ずもどってくると。けれどそれは、

いったいいつのことなのだ？）

ウィドラ軍に蹂躙《じゅうりん》され、この小さな王国が壊滅《かいめつ》したあの日、どこからともなくあらわれて、民とともに落ち延びる私を助けてくれたあの人。その後も驚くほど献身《けんしん》的に働き、一番苦しい時期の私を、私たちを支え続けてくれた。

（メタボ。私はそなたの銅像など建てたくない。生きているそなたに会いたいのだ）

なのに、待てど暮らせど彼はもどってこない。ユーゴやショウのもとへ手紙を送って消息をたずねたが、彼らもその後のことを知らない様子だ。

「姫《ひめ》様。ここは冷えます、中へお入りになられては」

心配する侍従《じじゅう》の声が聞こえた。私は無言でうなずき、踵《きびす》を返した。

「姫殿下《でんか》！」

と、息せききってテラスへ駆《か》けこんできた者がある。

ラッフィーだった。走りに走ってここへ来たらしく汗《あせ》みずくで、私はてっきり悪いことでも起こったのかと身体《からだ》を固くした。

「なにごとです」

「お人払《ひとばら》いを願います」

「わかりました、みな下がりなさい」

最近、ランダルの宮廷《きゅうてい》にはラッフィーに関する悪い噂《うわさ》が流れている。私はまだ少年の年《ねん》齢《れい》である彼に軍事の最高指揮官たる将軍の地位を与えた。それを妬《ねた》む者たちが、あることないことまことしやかにさえずるのだ。だが、そのような小細工ごときで私のラッフィーに対する信頼《しんらい》が揺《ゆ》らぐはずもない。

「姫殿下、朗報です」

二人きりになるとラッフィーは小声で、けれど顔を輝《かがや》かせて告げた。それを見るなり、胸のうちに（もしや）の予感が疾《はし》った。

「まさか――」

「そのまさかです。つい先ほどのこと、警邏《けいら》中のモ・ダに魔《ま》法使《ほうつか》い風の男が近づいてきて、この手紙を姫殿下へ届けるよう頼んできたのです」

私はラッフィーが差し出す封書《ふうしょ》を受けとり、まじまじと見つめた。あてなやサインは記《しる》されておらず、蠟《ろう》で封がされているのみだ。

「ラッフィー、ナイフはありますか？　ありますね、貸してください」

「どうぞ」

ラッフィーが差し出したのは狩猟《しゅりょう》用の大ぶりなナイフだったが、私はレターカッターには大きすぎる刃先《はさき》で丁寧《ていねい》に封書を開封し、少し震《ふる》える指先で手紙をひっぱり出した。

（ああ、この文字は！）

この筆跡《ひっせき》、忘れるはずもない。とりたてて綺麗《きれい》ではないが、なるべく綺麗にかこうという努力の跡《あと》がうかがわれる、人柄《ひとがら》を忍《しの》ばせる文字……。

私は急いで目を通した。

ランダルの国主たる、パール姫殿下へ

長らくごぶさたしております。メタボキングです。

故郷ガイアにて過去を清算し、このたびエターナルへの帰還を果たしました。

現在、城下町の『蜂蜜亭《はちみつてい》』という宿の二階の奥の部屋に滞在《たいざい》しております。

国主に対して無礼であることは承知の上で申しますが、内密で会う機会を得たいと思っております。宿までご足労願えませんでしょうか。

そっけない内容だ。けれどメタボの性格や立《た》ち居振《いふ》る舞《ま》いを知っている私には、感情を押し殺してわざわざ淡々《たんたん》とした内容を装《よそお》ったのでは？　と思えた。

「ラッフィー。今から、この手紙で指定されている宿へ出むきます」

「つまりお忍びで、ですね？」

「そうです。イメルダを呼んで支度《したく》をさせ、シャーリーたちに護衛させて正門から出発させなさい。私はその隙《すき》に裏門から出ます。私の護衛はラッフィー、あなたにまかせます」

「かしこまりました」

イメルダは百星騎士団のシャーリー隊に所属する少女で、時折、私の影武者《かげむしゃ》役を務める。年恰好《としかっこう》と背恰好くらいしか似ていないが、窓に薄《うす》いカーテンを引いた馬車で外へ出す分には、まずばれはしない。

(今日は佳《よ》き日となった！　アウラよ、ゴーデスよ、ありがとうございます！)

あいかわらずの曇天、しかも小雨がぱらつき始め、風景は陰鬱《いんうつ》さが増している。にもかかわらず、私にはその空が恵《めぐ》みの雨をもたらすこの上ない上天気に感じられた。

＊　　＊

ほどなく、私はラッフィーほか七名の護衛とともに蜂蜜亭に到着《とうちゃく》した。

ラッフィー以外の護衛は私から離れた位置で不審《ふしん》者の接近を警戒《けいかい》する形だ。宿に到着すると、その七人はラッフィーの目配せを受けて宿の周囲にそれとなくたむろした。

「ラッフィー。そなたも一緒《いっしょ》に来ますか」

私はややためらいがちにたずねた。

「いえ。メタボさんがこういう形で姫殿下との会見を望んだのは、なにか理由があってのことだと愚考《ぐこう》します。ただ、護衛として部屋の扉《とびら》のすぐ外に立つことはお許しください」

ラッフィーとて本心では、メタボに会いたいと一日千秋の思いでいるだろうに……。でも私には彼の配慮《はいりょ》がありがたかった。

胸がときめく。

二人きりで、会える——。

私はフードで顔を半分ほど隠《かく》していたが、帳場に立っていた亭主《ていしゅ》は私の頭上のキャラクター名を見て「あっ！」と声をあげた。

「お忍びなのです。騒《さわ》ぎになるとこまります、このことは黙《だま》っていてください」

ラッフィーが丁寧ながらも強い口調で告げる。亭主はうなずいて私から視線をそらした。

とにかく人目につかないよう、迅速《じんそく》に行動しなければ。私は足早に指定された二階の奥の部屋へむかった。

ところが、あんなにも会いたいと思い続けてきたのに、ドアの前に立つとなぜだか入るのがためらわれた。ひさしぶりに会うのにこの服装は地味すぎやしないかとか、そういうどうでもいいことがひどく気になってきたのだ。

「……開いていマス」

と、足音でそれと気づいたのだろう、私がドアをノックするよりも先に声がした。

「姫殿下」

ラッフィーが私の背を軽く押す。私はうなずいて入室した。

そこに、懐《なつ》かしいが、以前とは少し変わった姿があった。

かつてのメタボは痩《や》せこけて、頬《ほお》を削《そ》ぎ落としたような風貌《ふうぼう》だった。それが多少は改善されて血色のよい顔になっている。

けれどそれ以上に、私をして目をみはらせたものがあった。

彼の眼差《まなざ》しはとても落ち着いたものだった。以前の彼は、どんなに努力を重ねても自分に自信が持てない……そんな薄暗《うすぐら》さを感じさせる眼差しだったのだ。

「メタボ、もどってきたのだな！　この世界に、エターナルに！」

「はい。長らくランダル王国を離れたこと、謝罪いたしマス。ご心配おかけしマシた」

彼は心底すまなそうに深々とお辞儀《じぎ》をした。

私と彼は室内の小さな丸テーブルにむかいあって座った。

「いつもどったのだ」

「つい先日デス。でも、ボクがガイアで過ごしたのはたったひと月なのに、エターナルではすでに十か月も経過していたのデスね」

「そうか、ふたつの世界は時間の進み方がちがうのか」

「はい」

「それで、これから――これから、そなたはどうするのだ。まさかと思うが、ほんの少しだけこの世界で暮らし、また故郷へ帰ってしまうのではないだろうな？」

私は上ずった声で、いささか先走った感のある質問をしてしまった。

「世界を移動するには強い想《おも》い、強い魂の力《イデア》が必要デス。ボクはどうしても一度ガイアへもどる必要がありマシた。けれどまた、どうしてもエターナルへ帰還したいとの想いがあり、だからこそこうしてもどってこられたのデス。ガイアで果たすべきことを果たした今、ボクはこのエターナルに骨を埋《うず》める覚悟《かくご》デス」

「ほんとうか！」

「はい。大切な復興の時期にランダルを離《はな》れていたのに、こんなことをいうのは厚かましいと思うのデスが、ランダル王国を守ることに身命を捧げたいと願っていマス」

「厚かましいことなどあるものか。この国が一番苦しい時期に、誰《だれ》よりも私を支えてくれた功労者なのに」

「はは……。じつはその、そういっていただけることを期待していマシた」

メタボは照れたように頬を人さし指でかいたものの、すぐに真面目《まじめ》な顔にもどった。

「ところで、ボクがいない間に情勢は大きく変化したようデスね」

「そうだ。メタボよりずっと早くエターナルへ帰還したラムダが、旧キナルバ領の復興をするとの名目で我が物にしようとしている」

「じつは、すでに彼に会ってきマシた。といっても、ボクがエターナルに帰還した際、たまたま旧キナルバ領に出たため偶然《ぐうぜん》にも——という形なのデスが」

私は少考した。

「メタボよ。ラムダの人物像だが、どう見た？」

ほんとうはもっと個人的なことについて話したい。でも私にはこの国の導き手として、一個人のことより国家のことを優先する癖《くせ》が染みついてしまっているのだ。

「彼は勇者PT《パーティ》の一員として百星騎《きし》士団を厳しく鍛《きた》えてくれマシたね」

「そうだ。そのため百星騎士団にはラムダの行為《こうい》を支持する声が高い」

「ふむ……気持ちはわかりマス。彼って親分肌《おやぶんはだ》なんデスよね。でも以前のボクはラムダ君を、ユーゴ君の下でこそ力を発揮する副官・参謀《さんぼう》型の人物と見ていマシた。けれどその認《にん》識《しき》は過《あやま》ちだったと認めざるをえまセン。キナルバの地で見た人々はみんな笑顔《えがお》デシた。彼は民衆に支持されているんデス。その意味では、いい王様といえなくもありまセン」

「ラムダについては、ユーゴに書簡を出して反応をうかがってみた。ユーゴは口先では彼を非難していたが、あれほどの行動力と影響力《えいきょう》を持つ男が直接行動を起こして止めないとなると、すでにラムダとは裏で話がついているのだろう」

「ご明察デス。ラムダ君はユーゴ君の黙認《もくにん》をとりつけているとうそぶいていマシた。ただし、ユーゴ君が深く考えずに黙認したとは思えまセン。ユーゴ君にはユーゴ君の思惑がありそうデス……。ともあれ、ラムダ君からは是《ぜ》が非《ひ》でも成し遂《と》げようとする非常に強力な意志が感じられマシた。止めようとするなら、まちがいなく戦いになりマス」

「ただ現状、ランダル王国にとって彼の野心は悪くない要素だ」

「強大なダーヴァインと国境を接しなくてすむからデスか？」

「そうだ。ダーヴァイン軍は陸戦で無類の強さを誇《ほこ》る。海でつながっている分にはまだいいが、陸で国境を接しているのは避《さ》けたい。私の代でザドラー王との関係が悪化するとは考えにくいが、子々孫々のことを考えると……な」

「パールたんにはパールたんの考えがあって、ラムダ君の件を黙認しているのデスね。しかし、あれは危険な男デス。ラムダ君がその野心をランダルへむけないように、彼との関係には注意を払《はら》わねばなりまセン」

「もちろんだ。幸い、我が国には門遺跡《ゲートいせき》があり、これを通じてたくさんの商人や移民が入ってきている。国力が増せば国庫も潤《うるお》う。国家が潤えばより大きな軍隊も持てるし、金銭を使った懐柔策《かいじゅうさく》、諜報《ちょうほう》活動の強化など、打てる手も多くなる。このランダル王国、たとえ勇者PTにその人ありと謳《うた》われたラムダが相手でも、みだりに侵《おか》させはしない」

するとメタボは苦笑《くしょう》した。

「ほんと、パールたんはしっかり者デス。ボクなどいなくても立派にやっていけマスね」

「な——なにをいうんだ！　メタボ、お前がいなくて私がどれだけ寂《さび》しい思いをしたことか！　エターナルは平和になったと人はいう。だが、ランダル王国、この小さな国をきりもりするだけでもどれほどの苦労があることか！　有能な大臣はいる。ラッフィーやシャーリーといった信頼《しんらい》のおける臣下もいる。それでもなお、私は手いっぱいなんだ！」

さけび声が聞こえたのだろう、部屋の外でラッフィーが物音を立てた。

私が臣下の前でこのように本音をぶちまけたことはない。

でも私はまだ十三歳だ。支えてくれる人がほしいのだ。

「パールたん……。そ、そんなにも大変な日々だったのデスね。軽率なものいいデシた、すみまセン。でもこれからは、不肖《ふしょう》このメタボがおそばで支えマス」

メタボはあわてたように謝罪した。

それから彼はしばしの沈黙《ちんもく》を挟《はさ》んで、きっと顔をあげた。

「あのう、パールたん」

「なんだ」

「じつはデスね、ラムダ君とあれこれ話をした折、彼からこんなことを聞いたんデス。パールたんに、結婚《けっこん》……政略結婚の話が持ち上がっている、と……。事実デスか？」

「事実だ。ガルガンシア王国のリチャード王子とな。先方から持ちかけてきた」

「その話、断ってくだサイ」

「なぜ」

「あなたがほかの男と一緒になるのは嫌《いや》なのデス」

……ええい！　さんざん人を心配させておいて、今になってなんだ！

「だったら、もっと早く帰ってこなければだめだろう！　メタボよ、そなたが帰ってくるまでは嫌だと、私はだだをこねる形で女王への正式な即位《そくい》を先延ばしにしてきたのだぞ！」

私がぷりぷり怒《おこ》ると、メタボは大真面目な顔で「すみまセン。でも、政略結婚の話は断ってくだサイ。ボクが嫌なので」と重ねていった。

「だったら、もう二度と私のそばを離れてはならないぞ！」

私がぽこっ、と彼の胸をたたくと、メタボは「はい。一生をかけてお守りすると、ここに誓約《せいやく》いたしマス」と神妙《しんみょう》な顔つきでいった。

「では、リチャード王子の件は正式に断るとしよう」

「ありがとうございマス」

「そして……延ばし延ばしにしていた女王への即位式も執《と》り行うとしよう」

「その即位式デスが、パールたんが派手な国事をあまり好まないのを承知で提案がありマス。勇者PTのみんなや、ザドラー王、ベライデン皇帝《こうてい》といった反教団連合の首脳陣《しゅのうじん》はもちろん、周辺国の要人にも招待状を送ってはいかがかと。即位式に多数の要人が参加してくれれば対外的にランダルの力を示すこととなり、ランダルの国土や門《ゲート》遺跡に目をつけているよからぬ野心家への牽制《けんせい》となりマス」

「よい考えだ。郵便ギルドに連絡《れんらく》し、グリフォンを使った速達を送るとしよう。ところで、メタボよ」

「はい」

「今日はなぜ、こうして二人きりで会いたいといってきたのだ」

「はあ、パールたんもそうしたいのではないかと思いマシて」

くっ……。

「バカ！　私のことをなんでもわかっているようにいうな！」

怒ってみせたつもりなのに、私は笑っていた。そしてメタボも、めったに笑わないくせに、これ以上ないくらい楽しそうに笑ったのだった。

SCENE 9

エンディングを迎《むか》えても世界は続く。でも僕の冒険《ぼうけん》はひとまず終わったんだ。

――ショウ・ミヤモト

みなさん、こんにちは。非童貞《ひどうてい》の宮本翔《みやもとしよう》です。あっと、エルトリーゼ・ウィンラート嬢《じよう》（旧姓《きゆうせい》）と結婚した今は苗字《みようじ》と名前をこちら風に改め、ショウ・ミヤモトと名乗っております。

そんでもって、近く、僕と妻のもとへ赤ちゃんがやってきます。そう、僕はパパになるんです……！

いやあ、こんな人生は想像していなかったなあ。

ゲームだけが唯一《ゆいいつ》の楽しみで、学校ではいじめられっ子だったションボリ星人の僕。そんな僕が異世界エターナルで、勇者ユーゴの相棒の大魔法使《まほうつか》いとなって……。邪神《じやしん》を打ち倒《たお》し、世界を救って……。胸はないけど僕的には（これはこれでありなんじゃないですか？）と思えるエルフの美少女と結婚して……。

うーん。僕ってまだ十代なのに人生が『完成！』しちゃってるかも。

いうまでもなく僕は幸せ者だ。功成《こうな》り名を遂げ、これ以上なにを望むんだってくらいの成功者だよね。あれだ、勝ち組ってやつ。人生の勝者。お金にもこまらないし、大きなお屋敷《やしき》で愛《いと》しの妻とひたすら甘《あま》く幸せな時間を紡《つむ》いで、いつか歳《とし》をとったら「僕は……生まれてきてよかった……ありがとう……」みたいなセリフで人生を締《し》めくくる予定でございますぅ～。お葬式《そうしき》には友人・知人や勇者PT《パーティ》に敬意を払う各国の要人が大勢集まり、墓碑《ぼひ》銘《めい》は、そーだなー、『偉大《いだい》なる魔法使いここに眠《ねむ》る。その強さはLV《レベル》でなく魂《たましい》にあった』。

そうとも。僕はG《ゴールド》よりもレアアイテムよりもつかみづらい、幸せと呼ばれる青い鳥を手にしたんだ。おめでとう、　非　童　貞　の宮本翔さん改めショウ・ミヤモトさんっつつつつつつつつつつつつ！

ところが、さ。

エルちゃんといちゃいちゃしたり、散歩したり、一緒《いっしょ》に食事したり、楽しいことばかりの日々を送るうちに……僕の中である不安が芽吹《めぶ》き、育ち始めたんだ。

＊　　＊

「旦那様《だんな》、手紙が届いております」

お昼をすませて、まったりと食後の休憩《きゅうけい》をとっている時のことだった。家政婦の一人が僕のもとへ手紙を持ってきた。

てゆーか、聞きましたか？　今の僕は旦那様なんですよ、旦那様。

僕は結婚後、エルちゃんのお父さんやお母さんの希望もあり、再建したエルちゃんの実家で暮らすこととなった。エルちゃんのウィンラート家はユグドラシルの外に広い荘園《しょうえん》を所有する由緒正《ゆいしょただ》しき名家だ。だからこの実家はとても広いお屋敷で、執事《しつじ》とか家政婦とか厩番《うまやばん》とか料理人とか、使用人が大勢いる。んで、エルちゃんのお父さんが大旦那様、エルちゃんのお母さんが大奥様。僕が旦那様で、エルちゃんが奥様ってわけ。

「あっ、この手紙は！」

差出人を見るなり、僕は顔をほころばせた。

パール王女とメタボさんの連名！　少し前にユーゴから手紙が届いて、メタボさんが近くエターナルへ帰還《きかん》するかもしれないっていってことは聞いていた。

（そうか。メタボさん、ついに帰ってきたんだな）

どうぞ、と家政婦がペーパーナイフを差し出してくれる（これがまた瀟洒《しょうしゃ》な飾《かざ》りつきの銀製でさ、この家はなんでもかんでもこんな風に高級志向なんだ）。

すぐに開封《かいふう》して目を通した。パール王女の文字で『正式に女王の座に就《つ》くべく戴冠式《たいかんしき》を執り行うので、ぜひ参列してほしい』とあり、メタボさんの文字で『ひさしぶりにみんなと会って近況報告《きんきょう》もかわしたいのです』とあった。べつべつの手紙にせず、ひとつの手紙に二人して文章を連ねるあたり、（あ。この二人の仲は……）と想像するにあまりある。

もっともパール王女は国主としての立場があるから、メタボさんと正式に結婚するのはまだまだ先のことで、ひとまずは事実婚《じじつこん》みたいな形を選択《せんたく》するのかもね。

「エルちゃんは？」

「奥様は書斎《しょさい》におられます」

手紙をもって書斎へむかうと、エルちゃんはロッキングチェアでうたた寝《ね》をしていた。

僕は椅子《いす》に腰《こし》かけて、エルちゃんが目覚めるまで待つことにした。風がレースのカーテンを揺《ゆ》らす。エルちゃんはすやすやとよく眠っている。その白い寝顔を眺《なが》めているだけで、僕はとても安らいだ気持ちになる。まるでそう、ＩＣ○の二周目クリアのラストシーンを眺めているみたいに。

「あ……」

飽《あ》かず眺めていると、少し強い風が入った拍子《ひょうし》にエルちゃんは目覚めた。彼女は昼寝してしまった自分をだらしないと感じたのか、僕を見て照れたように笑った。

「起こしても良かったのに」

「でも、とても気持ちよさそうに眠っていたから」

「そうか。じつは、幼かったころの夢を見ていたんだ。でもひょっとしたら、夢で見たのは私ではなく、この子だったのかもしれない」

エルちゃんはもうだいぶ大きくなったおなかに手をあてた。ちなみに、あと二か月くらいで出産予定でございます。赤ちゃんは女の子を希望っ！　強く希望っ！　歴代のプ○ンセスメーカーや子育てクイズ　マイエ○ジェルをプレイしてきたので、女の子を育てるのには自信がある……！

「ところでエルちゃん、パール王女とメタボさんから手紙が届いたよ」

「ほんとうか！　メタボはエターナルに帰還したのだな」

「うん。それでね、パール王女が女王として即位《そくい》するから、即位式に参列してほしいっていうんだ。ユーゴたちにも同様の手紙が送られていると思う。だけどエルちゃん、体調はどう？　身重なんだし、旅が辛《つら》いなら断ってもまったくかまわないよ」

「過剰《かじょう》な心配はいらない。お医者様も、もう安定期だといっている。なにより私としても、ひさしぶりにみんなと会いたい」

「わかった。じゃあ——」

「出発しよう、ランダル王国へ！」

エルちゃんは目を輝《かがや》かせていいはなった。家出同然の形で家を飛び出し、諸国を放浪《ほうろう》していたくらいだから、彼女は根っこの部分で旅人気質なんだと思う。

＊　＊

即位式についての手紙は、勇者PTの面々だけに送られてきた……わけじゃなかった。

旅支度《じたく》を整えていると、夕方になってエヴィンさんがあらわれた。エルちゃんの伯父《おじ》であり、ユグドラシルの軍団をあずかる将軍でもある。

「エル、婿殿《むこどの》、ひさしく顔を出さずすまない。なにかと忙《いそが》しくてな」

エヴィンさんは笑顔《えがお》だったけど、彼が苦労している件は僕の耳にも入ってきている。エルフとダークエルフは長年敵対していた種族だ。これからはユグドラシルで一緒に暮らしてゆこうってことになったけど、怨恨《えんこん》は根深い。不満分子の摘発《てきはつ》や要人の警備など、軍はなにかと忙しいんだ。

「時に、ランダルのパール王女が女王に即位する件、すでに知っているかね」

客間に案内されると、エヴィンさんはすぐに切り出した。

「ええ、手紙が来ました」

「私やエルドラス老のところへも手紙が届いた。門遺跡《ゲートいせき》を有することとなった我が国とランダルは新たな隣国《りんごく》であるし、反教団連合軍の中核《ちゅうかく》をなした国として今後とも親交を深めておきたい。どうだろう、ユグドラシルからの参列者全員が使節団としてまとまった形で出立しないかね。内外への宣伝効果も鑑《かんが》み、エルと婿殿をユグドラシル使節団の長として任命したいのだが」

政治的配慮《はいりょ》、かあ……。

僕は内心でため息をついた。伝説の勇者として名を馳《は》せた僕やエルちゃんは、もう市井《しせい》の一庶民《しょみん》じゃない。この手の政治を抜《ぬ》きにして、一個人として気楽に生きてゆくのは難しいことなのかも。

エルちゃんもやや息苦しいものを感じたのか、ちらっと僕を見た。

僕は少し考えてから、「わかりました。じゃあ、そういうことで」とすなおに受け入れる返事をした。なにしろエルちゃんは妊娠《にんしん》中だからね。国の重鎮《じゅうちん》がまとまってお出かけとなれば医者や護衛も同行するわけで、万が一の時にあわてずにすむ。

「受けてくれるのだな。ありがとう」

エヴィンさんは苦笑《くしょう》した。長年、軍のお偉《えら》いさんとして公式行事に参加してきた人だから、僕やエルちゃんの気持ちはじゅうぶんすぎるほどわかっていると思う。

翌日の昼、使節団はユグドラシルを出発した。

エルドラス老やスヴェンジア老は代理人を派遣《はけん》する形で、国の首長がじきじきにお出かけするわけじゃない。だけど、僕やエルちゃん、エヴィンさんやダリオン将軍、そのほかエルフとダークエルフのお歴々が大勢集まり、当然のように警護の兵や使用人がいっぱいくっついてきて、大名行列もいいところだった。

僕とエルちゃんは大きくて立派な馬車に乗っての道行きだ。エルちゃんは馬に乗って風を感じながら旅路をたどりたいと主張したんだけど、大事をとって今回は馬車で行こうと僕が説得した。

「あっ、大魔法使いのショウさんだ！」

「ショウさーん！」

沿道から市民の声が飛ぶ。僕は微笑《びしょう》しながら手を振《ふ》ってみせたけど、うぅ……めんどくせぇ……。庶民だったころは有名人になりたかった。力なき自分だったころは大魔法使いになりたかった。そんな僕だけど、いざそうなってみたら、楽な人生などないんだってまざまざと思い知ったよ。

「やれやれ、大仰《おおぎょう》な旅だ。ほんとうはもっと気楽に旅をしたかったのだが」

エルちゃんがかぶりを振った。

「そーだね。きっとユーゴたちも、こんな形の旅になっちゃっているんだろうなあ」

自由奔放《ほんぽう》な性格のイシュラちゃんがふくれっつらになり、それをユーゴがなだめている姿が目に浮《う》かぶ。

「とはいえ、世界の平和を維持《いじ》するためこういうことは必要なのだと思う。門《ゲート》遺跡が復活したため、エターナルの旅は以前とくらべて格段に楽になった。それを無駄《むだ》にする手はない。一年に一度でもいい、各国の首脳がなんらかの名目で集まり、情報交換《こうかん》の機会を得れば世相や情勢が浮き彫《ぼ》りになる。そうして、軍事力を増している不審《ふしん》な国、挙動のおかしい王、教団のような怪《あや》しげな組織、その手のキナ臭《くさ》い情報をいち早くつかめば、前もって対抗策《たいこうさく》を立てられる」

「……そうだね」

エルちゃんのいっていることは正しい。今、僕たちがしているこの行為《こうい》は世界平和のためになっている。

でも、さ。

(世界の平和って、僕には重すぎるんだよなあ)

それこそが、この幸せな日々の中で芽吹いた僕の小さな憂鬱《ゆううつ》の正体だった。

＊　＊

ユグドラシルの南に、徒歩だと二日ほどで着く、ハルケインって名前の町がある。ユグドラシルのミニチュア版みたいな、森の中にあるエルフたちの町だ。この町から丘《おか》をふたつ越《こ》えた場所に門遺跡《ゲート》の入り口がある。

かつては船で何十日も航海しなければアダナキア地方へはたどりつけなかった。だけど今はこの遺跡を通過するだけで、アダナキアのそれも最南端《さいなんたん》に位置するランダル王国へテレポートだ。うーん、便利。超《ちょう》便利。

だから僕たちは、ユグドラシルを発《た》ってからわずか三日後、もうランダル王国に着いてしまった。

「ご到着《とうちゃく》、お待ちしておりました」

門遺跡をくぐり抜けると懐《なつ》かしい顔が僕らを出迎《でむか》えてくれた。ラッフィー、シャーリー、モ・ダ、ボルド、フェイ、そして百星騎士《びゃくせいきし》団の子どもたち——。

「ごぶさたしております。ショウさん、エルさん、お元気そうでなによりです」

ラッフィーは初対面のころから大人びた子だったけど、ますます落ち着きある物腰《ものごし》になっていた。成長期で背が伸《の》びていることもあり、まるで別人だ。

「ラッフィー、大きくなったなあ」

ぶっちゃけそう歳《とし》が離《はな》れているわけでもないけど、僕は思わずそう口走ってしまった。

「時が経《た》てば人は変わるものですから」

「まあね。僕はもうじき、お父さんになるんだし」

「宿舎へご案内いたします。シャーリー、フェイ、頼《たの》んだぞ」

ランダル城とその周囲に広がる城下町へは、門遺跡からさらに一日の行程だ。

「ところで、即位式《そくいしき》にはユーゴやラムダも出席するんだろ？　もう着いているの？」

道々、僕はフェイちゃんにたずねた。

「ラムダさんも、ユーゴさんレヴィアさんイシュラさんも、すでに到着してます」

「じゃあ、到着は僕らが一番最後？」

「いえ。主だった参列者のうち、ダーヴァインとベルアダンの使節団がまだ到着していません。でも、本日中に到着予定です」

「あ、そっか。その出迎えのためにラッフィーはまだ門遺跡に待機しているんだね」

「はい。それにしても、もうじきお二人の赤ちゃんが産まれるんですね。元気な赤ちゃんでありますように。アウラの祝福あれかし！」

フェイちゃんはにっこり笑った。

「ありがとう。欲《よく》をいえば、シュラハーの猛々《たけだけ》しさをもつ人並みはずれて元気いっぱいの子であってほしい」

エルちゃんもにっこり笑った。

「うーん。僕としては、健康であってほしいけど、あまりにもやんちゃなのは親として心配かなあ。冒険《ぼうけん》に出る！ なんていいだしたら、はらはらしちゃうよ」

「おや。子どもの教育方針をめぐって私とショウは対立しそうだな。私は、子どもが旅に出たいというなら快く送り出して、広い世界を自分の目で確かめてほしいと思っている」

「まあ、気持ちはわかるよ、うん」

僕はお茶を濁《にご》しておいたけど……心には不安がむくむくと黒雲のように立ちこめていた。

産まれてくる赤ちゃんは、僕にとってエルちゃんと同じくらいたいせつな宝物になるはずだ。

その宝物を、なにかの拍子《ひょうし》に失ってしまったらどうしよう。

この完璧《かんぺき》すぎる幸せに満ちた人生が壊《こわ》れてしまったら——どうしよう。

幸せになった、あるいはなりすぎた今、僕は幸せを失うことを恐《おそ》れていた。

ランダルの城下町はとんでもない数の人でごったがえしていた。パール王女の即位式《そくいしき》ってことで、国中からお祝いのために民衆が集まってきていたんだ。大きなお祭りも同然で、通りには露天商《ろてんしょう》や大道芸人がたくさん出張っている。

＊　＊

僕らユグドラシル使節団が町の目抜《めぬ》き通りに姿をあらわすと、もうそれだけで大騒《おおさわ》ぎさ。RPG《ロールプレイングゲーム》のエンディングみたいに、通りの人々が花びらや色紙をバラ撒《ま》いてやんやの大喝采《かっさい》。ラッパや笛や太鼓《たいこ》の音も響《ひび》いていて、もうなんちゅーか、くらくらする。

おかげで宿舎としてあてがわれた宿屋に到着した時には、馬車に揺《ゆ》られての楽チン旅行だったのに、どっと旅疲《たびづか》れが出ちゃったよ。

「まいったなあ。ユーゴたちと会いたいけど、うっかり通りにも出られない」

僕は愚痴《ぐち》をこぼした。

「私は宿で休んでいるから、ショウ一人で行ってきたらどうだ？　インヴィジブルの魔法《まほう》で姿を消せば誰《だれ》にも気づかれず行動できるのだし」

エルちゃんが気をつかってくれたけど、「身重の妻を置いてはいけないよ」と僕はその案を却下《きゃっか》した。

「フェイから聞いたんだけど、明日《あした》の昼に即位式、その後ランダル城で懇親会《こんしん》が開かれるんだって。懇親会は招待者しか入れない場だそうだから、その時に会えばいいよ」

するとエルちゃんはじっと僕を見つめた。少し心配げな眼差《まなざ》しだった。

「ショウ……。ひょっとして、なにか理由があってユーゴに会いたくないのか？」

「そんなことないよ。今会わなければもう会えなくなるってわけじゃないんだし、あわてて会う必要はないさ」

僕はなんでもない風を装《よそお》った。

＊　　＊

翌日の昼、即位式は郊外《こうがい》に設けられた特設会場で開催《かいさい》された。中央に即位の儀《ぎ》をとりおこなう祭壇《さいだん》。その周囲には招待客である各国要人の席。その外側を警護の兵士が固め、そのさらに外側には押すな押すなの大群衆。ちなみに僕らユグドラシル使節団はユーゴたちガルガンシア使節団とは離れた席だったので、僕とユーゴは式が始まる前に「やあ」とお互《たが》いを確認《かくにん》するくらいしか言葉をかわせなかった。

「壮観《そうかん》だな。もうランダルは辺境の小国ではない」

エルちゃんが列席したそうそうたる顔ぶれを眺《なが》めてつぶやいた。

「うん。門遺跡《ゲートいせき》のおかげで急激に復興・発展してるらしいね。それにこの参列者！　色んな国が使節団を派遣して、ランダル王国に敬意を払《はら》っている」

邪神討伐《じゃしんとうばつ》以降、勇者PT《パーティ》とともに早くから打倒《だとう》教団に動いていた国は発言力が増した。逆に、それ以外の国は「なんだよアイツら、世界がたいへんだった時になにもしないなんて」みたいな扱《あつか》いになっている。その意味でもランダルは存在感を増したといえるんだ。

「お集まりのみなさま、ご静粛《せいしゅく》に。これよりパール姫殿下《ひめでんか》の即位式を始めたいと思いマス」

祭壇の下に立ち、開会の辞を述べたのはメタボさんだった。

「ご存知の通り、ランダル王国は戦火に見舞《みま》われ、先王陛下はウィドラ軍との戦いのさなか散華《さんげ》なされマシた。爾来《じらい》、パール姫殿下は民《たみ》を率い、臣下と苦難をともにし、今日までの道のりを歩んでこられマシた。若年《じゃくねん》ながら聡明《そうめい》で、勇気と優《やさ》しさをあわせもち、王国を継《つ》ぐに足る器量の持ち主であらせられマス。本日この佳《よ》き日、正式に女王として即位なさることを臣下一同、心より祝福申し上げマス」

わっと群衆が湧《わ》き、拍手《はくしゅ》が巻き起こる。

続いて、ダーヴァインやベルアダンなど主だった使節団の代表が祝辞を述べた。ユグドラシル使節団からたって祝辞を述べたのはエヴィンさんだ。

それがすむと、パール王女が即位のため祭壇へ上った。即位式とか戴冠式《たいかんしき》って言葉には絢爛豪華《けんらんごうか》な響きがある。だけどいかにも苦労人のお姫様らしく、パール王女は質素で飾《かざ》り気のない白のドレスを着用していた。

「パール姫殿下。ランダルの玉座について民とともに歩むことを誓《ちか》いますか」

「父の名において、母の愛にかけて、ここに誓約《せいやく》いたします」

「では光の女神《めがみ》たるアウラの名において、王の証《あかし》たる冠《かんむり》と印綬《いんじゅ》を授《さず》けます。神々の御加護《ごかご》あれかし!」

壇上でアウラの司祭とやりとりをし、王冠を授かって、パール女王は民衆を振《ふ》り返った。一段と大きな拍手と歓声《かんせい》が巻き起こる——。

僕にとってもエルちゃんにとっても、彼女は個人的な知り合いだ。だから僕も大いに拍手をしたし、心から祝福していた。

でも……僕は少しそわそわしていた。

心の三分の一くらいは、この式が終わった後の懇親会での、ユーゴとの再会のことを考えていたんだ。

＊　　＊

即位式がすむと、ひとまず各使節団は宿舎に引き上げた。

ひと休みしたものの、すぐに夕方になった。各国要人を招待しての懇親会に出席するため、支度《したく》をしてランダル城へむかった。

僕とエルちゃんが着いた時にはもう、会場は大勢の人々でにぎわっていた。贅《ぜい》を凝《こ》らした豪華な食事が次々とテーブルへ運ばれてくる。きらびやかな衣装《いしょう》をまとった人々が楽しげに談笑《だんしょう》している。もうすでに酒が入っているのか、顔が赤い人もいるぞ。いわゆる、立食形式のパーティーってやつだね。

人だらけではあるものの、ユーゴたちはすぐに見つかった。ユーゴといい、イシュラちゃんといい、レヴィアちゃんといい、有名人だから周囲に人だかりができているだろうなと予想していたけど、案の定さ。

「ユーゴ！」

僕が声をかけると、ユーゴたちはすぐに人だかりをかきわけてこっちへ来てくれた。

「ショウ、ひさしぶりだな。それにエルも」

「エルさん、おひさしぶりです！」

「ああっ、おなか大きくなってる！　赤ちゃん、もうじき産まれるんだね！」

僕らは再会を大いに喜びあった。離れてからまだ一年も経っていないけど、なんだか十年ぶりくらいに会う気がした。

「ところで、メタボさんとラムダは？」

僕は周囲を見回した。せっかくだから、勇者PT勢揃《せいぞろ》いといきたいのが人情だよね。

「メタボさんはこのパーティーを主催《しゅさい》しているランダルの重臣だから、なにかと忙《いそが》しいようだ。ラムダはすでに会場に入っているが、情勢を考えて近づかないほうがいい」

そういってユーゴは会場の一角を指で示した。そこには、ユーゴたちを囲んでいたのよりも大きな人だかりがある。

「情勢？　ああ……ラムダが旧キナルバ領に居座っているって話？」

「そうだ。こういう公《おおやけ》の場でラムダと親しくしているのを見られたら、なにかと勘繰《かんぐ》られることになるぞ。ザドラー王はランダルの盟友として即位式に出席したし祝辞も述べたが、このパーティーは欠席して臣下を派遣《はけん》している。ザドラー王はラムダの顔も見たくないのが本音のようだ」

「………」

それから僕らはしばらくの間、近況《きんきょう》報告や思い出話をした。

でも周囲には、『あの有名な勇者PTのみなさま』と顔をつなぎたがっている連中がしきりとうろついていて落ち着かない。そしてこんな状況じゃ、僕がユーゴに一番したい話は切り出せない。

「ところでユーゴ、ちょっといいかな。二人だけで話したいことがあるんだけど」

ころあいを見計らって僕は切り出した。

「わかった、休憩室《きゅうけい》へ行こう」

僕がひどくそわそわしていることを、エルちゃんも、イシュラちゃんも、レヴィアちゃんも察していたんだと思う。「二人きりでって、なんの話？」とたずねてはこなかった。

僕とユーゴは足早にその場を離《はな》れた。

もうこのころには、会場は人、人、人でごった返していた。各国要人や豪商《ごうしょう》といった特別な人だけを招待してのパーティーなのにこの混雑って、ある意味すごい。

だけど自分がそういう特別な人種になってしまったことを、僕は残念に思っていた。

この懇親会と銘打《めいう》ったパーティーの実態は、要人たちが情報を交換《こうかん》したり密談をしたりするために設けられた場だ。だから、少人数で話をするための休憩室がいくつも用意されている。僕とユーゴはそんな休憩室のひとつに入ってドアを閉めた。

「ユーゴ、有名人になるってたいへんだな」

「そうだな。もっとも、おれは勇者になりたくてなったんだし、後悔《こうかい》はしていない」

そう断言したユーゴを、僕はほろ苦い気持ちで見つめた。

「僕は……少し後悔しているんだ。勇者の相棒の大魔法使《まほうつか》いになったことを」

「…………」

「ユーゴ、手紙で報《しら》せてくれた軍神騎士《きし》団のことだけど、その後はどう？」

「まだヒヨコ同然の三百人の少年少女だ。イシュラのアウラブレスが失われてしまった今となっては、LV《レベル》を一気にあげることもできないしな。もっとも、安易にLVを上げたのでは戦闘《せんとう》力は身についても勇気は身につかない。あせらず育てていこうと思う」

「そっか。ところでラムダがあれだけのことをしでかせば、当然、ユーゴに苦情を申し立てる人たちがいるよね？　でもユーゴが直接なにか行動を起こしたって話は聞かない。ひょっとして、その軍神騎士団にからんでなにかラムダと取引をした？」

するとユーゴは瞠目《どうもく》した。

「鋭《するど》いな」

「じゃあやっぱり、なにか取引を？　ユーゴとラムダは裏でつながっているってこと？」

「ありていにいえば、そうだ。詳細《しょうさい》を知りたいか？　ショウになら話してもいいと思っているんだが」

「いや、知りたくない」

「…………」

「ユーゴは凄《すご》いと思う。勇者になるべく生まれてきた男だと思うよ。教団との死闘《しとう》を制してまだ日も浅いのに、もう将来を見据《みす》えて正義の軍団を育てにかかるなんてさ。ラムダも、ただ者じゃないなあって感じる。いいか悪いかは別にして、一国の王様に成り上がろうって行動力は凄いよ。でも――」

僕はため息をついた。

「でも、僕は、その……教団との戦いで疲《つか》れちゃったんだ。当分の間、しんどいことから離れて個人的な幸せを追求したいんだよね……。僕は今、まちがいなく幸せだ。エルちゃんと結婚《けっこん》して、もうじき子どもも産まれる。でも不安なんだ。なにかの拍子《ひょうし》にこの幸せが崩《くず》れてしまったらどうしようって、なぜか考えてしまうんだ。ユーゴがどういう意図でラムダの行為《こうい》を黙認《もくにん》しているのかは知らないけど、もしヤバイことなら、僕は……巻きこまれたくない……」

「……ショウ。軍神騎士団のこと、ショウに手伝ってくれというつもりはないよ。おれが、おれの勝手で始めたことなんだから。ラムダの件でも、ショウに火の粉が飛ぶようなことは絶対にないと約束する。安心して欲しい」

ユーゴは、やっぱりユーゴだった。

そういってくれると思ってた。だって、いいやつだから。そのことを、僕は誰《だれ》よりも知っているから。

「ごめん……。ユーゴやラムダは世界平和だの、野望だの、そういうとても大きなものと一個人の幸せを全部まとめて達成しちゃうぞ、みたいなパワーがある。でも、僕は——エルちゃんや産まれてくる子どもを守ることだけで、心がいっぱいなんだ。少なくとも今は……ね。冒険《ぼうけん》の日々は楽しかったし、憧《あこが》れの大魔法使いになれたけど、今はどこにでもいるような平凡《へいぼん》な庶民《しょみん》にもどって平凡な幸せにひたっていたいんだ……」

いつしか、僕はうなだれていた。

「ショウ。そのことを後ろめたいだとか、恥《は》ずかしいだとか感じているのなら、それは筋《すじ》違《ちが》いだ。友人として、ショウには幸せになってほしいと思うよ。ほんとうだ」

「ありがとう、ユーゴ。でも、こんなことといっておいてなんだけど、さ。いつかまた、一《いっ》緒《しょ》に冒険できたらいいな」

「おれもそう思う」

僕とユーゴは、どちらからともなく笑った。ああ、いいたかったけど、エルちゃんにもいえずにいたことを話して、心のしこりがとれたよ！

「今日は会えて良かった」

「ああ。しかし、ショウにいわれて、改めて気づいた。おれたち、ほんとうに遠くへ来てしまったんだな」

「うん。思うんだけど、一日また一日と過ごしてゆくのって、それ自体が旅をしているってことなのかも」

プ◯ンセスメーカーみたいな子育てゲームがなぜ楽しいのか、僕はそのほんとうの意味を知った気がした。

家族を守り、人生を歩むって、きっと静かな冒険なんだ。

SCENE 10

新たなる勇者に、未来を託《たく》す。

――ユーゴ・イックシマ

ＳＴＧ《シューティングゲーム》やＡＣＴＧ《アクションゲーム》で、アンチという単語を聞いたことはあるだろうか？『安全地帯』を略してアンチと呼ぶ。

昨今のゲームでは、非常に優《すぐ》れたテクニックを有するプレイヤーのため、（こんなのクリア不可能だろ）と思える高難易度のボスやステージが用意されている。中には地球防○軍シリーズの難易度インフェルノのように、単なる雑魚《ざこ》敵の普通《ふつう》の攻撃《こうげき》が、強化に強化を重ねたプレイヤーキャラクターに即死《そくし》級のダメージを負わせるケースまである。

ところが世間は広いもので、そんなめちゃくちゃな難易度でさえクリアしてしまうプレイヤーがいる。何事も才能と努力だというがゲームもまたしかりで、そうしたプレイヤーは優れた反射神経や動体視力など、特別な才能に恵《めぐ》まれているんだ。

しかし……そうした選ばれしゲーマーでなくても、比較的《ひかくてき》容易に高難易度のゲームをクリアできるようにと、あれこれ攻略法を研究する人たちがいる。そうした人たちの努力によってアンチが発見されると、そのボスやステージは一気に攻略が楽になる。

思うに、自分よりゲームが下手な人間でもクリアできるように攻略法を確立するのは、自分自身がそのゲームをクリアするのよりさらに難しいことだ。

でもそれだけに、攻略法の確立は価値あることだといえるだろう。

＊　　＊

（平凡な庶民にもどって平凡な幸せにひたっていたい、か）

ショウとともに会場へもどるべく廊下《ろうか》をたどりながら、おれは友人の言葉をしみじみと嚙《か》みしめていた。というのも邪神討伐《じゃしんとうばつ》以降、おれもずっとそう思っていたからだ。もちろん、今この瞬間《しゅんかん》にもそう思っている。

けれど、おれは損な性分《しょうぶん》をしている。

勇者PT《パーティ》のリーダーとして教団と戦い、邪神討伐を果たしたことで、おれはひとまずこ、、、のゲームをクリアしたといっていいだろう。でも、エターナルはクリア後も続いてゆく世界だ。そしてまた、この世界は『魔神《まじん》の強大化とその果てにある邪神の復活』という恐《おそ》るべき終焉《しゅうえん》の可能性をはらんだままで続いてゆく。

おれたちは教団との戦いに勝利したが、あれはあと少しで世界が滅《ほろ》んでしまう土俵際《どひょうぎわ》まで追いつめられた戦いだった。今後は善の勢力が崖《がけ》っぷちまで追いつめられる前に手を打つべきだ。病気になってからあわてても遅《おそ》い。予防策に力を入れなければならない。

そこでおれは、こう考えた。勇者としての務めはじゅうぶんに果たしたと思うけれど、もうひとがんばりして、今後のエターナルのために最後の仕事をしておこう、と。

そう——それが軍神騎士団創設の動機なんだ。悪を監視《かんし》し、小さな芽のうちに摘《つ》み取る組織。エターナルが病《や》んでしまわぬよう世界の健康を保つ組織。もし、魔神モルダヴィアが再びゲームを仕掛《しか》けてきたなら、少しでも攻略が楽になるように次の勇者を手助けする組織……。そしてまた軍神騎士団には、おれが対教団戦略の根本に据《す》えていた『数は力』の思想を受け継《つ》がせる。おれたちは教団との戦いに、おれという一人の勇者の力ではなく、みんなの力を集めることで勝った。それはおれが見出《みいだ》したこのゲームの攻略法であり、それを軍神騎士団によってこの世界に遺《のこ》しておきたいんだ。

軍神騎士団はまだ創設したばかりで、団員たちはどこにでもいる子どもにすぎない。けれどおれは一年か二年ほど彼らを育成したら、彼らの中から新たな団長を選出して、後は自分たちの足で歩かせるつもりでいる。いいかたは悪いかもしれないが、エターナルを守ってゆく仕事は新団長に任せてしまうんだ。その時点でおれは勇者から引退し、一般庶民《いっぱんしょみん》にもどる。なあに、ただの高校生にすぎなかったおれが世界を救う勇者になれたんだ、ほかの人だってその気になれば勇者を演《ロールプレイ》じられるさ！　まあ、「後は勝手にやれ」では情がないし子どもたちも不安だろうから、おれは団長を退いた後、顧問《こもん》のような肩書《かたがき》を得て新団長の求めに応じアドバイスのみをする……って形が妥当《だとう》かな？

いずれにせよ——おれも、勇者の肩書はもうそろそろ放棄《ほうき》したいんだ。ショウがそうであるように、一庶民にもどりたいんだ。

そして残りの人生は、愛する二人の妻とともに個人的な幸せを追求したいと思う。もちろん、おれの存命中に再び巨悪《きょあく》が猖獗《しょうけつ》を極《きわ》めるようなことがあれば、その時はおれとおれの家族の幸せを守るため、再び剣《けん》を手に立ち上がるつもりなのだけれど。

＊　＊

「あ。ユーゴ、ほら、あれ」

会場へもどる途中《とちゅう》でショウがおれの袖《そで》をひっぱった。

ショウの視線を追うと、とある休憩室《きゅうけいしつ》からリチャード王子が出てくるところだった。彼は先王の三男で、おれともどもガルガンシア王国の使節団として来ている。

「リチャード王子って、パールちゃんとの政略結婚がささやかれていたよね」

「その噂《うわさ》はおれも聞いている」

王子はおれたちに気づかず去っていった。少し表情が硬《かた》い。

「なるほどぉー。あたしが思うに、リチャード王子は結婚をはっきり断られたんでしょうね。師匠《ししょう》、あの部屋からはパールとメタボさんが出てくるはずですよ」

「うわっ！　イシュラ、いつからそこに？」

「師匠が遅いから様子を見に来たんですよ。てゆーかメガネ、なんの話だったの？」

「あー、うん、たいした話じゃないよ」

「ふーん」

とかなんとかしゃべっていると、イシュラの言葉通り、王子が出てきた休憩室からパール女王とメタボさんがあらわれた。

「あ……。やあ、ユーゴ君。招待したのにおかまいできず、すみませン」

メタボさんはおれたちに気づくと、なぜか顔を赤くした。

「そ――そうだな。すまない、あれこれ忙《いそが》しくて」

パール女王も気恥《きは》ずかしげにもじもじした。

二人の反応を見れば、どういうことなのかだいたい察しがつく。女王とメタボさんが二人してリチャード王子に結婚を断ったわけだ。リチャード王子は、もしランダルの女王と結婚すれば莫大《ばくだい》な富と権力が手に入っていたのだから、色恋《いろこい》を抜《ぬ》きにしても残念だろう。とはいえこの政略結婚はまだ打診《だしん》の段階だったはずだから、リチャード王子にも、ガルガンシア王国にも、これといって傷はつかない。

「メタボさんとパール女王はすっごく仲いいですよね。将来は結婚するんですか？」

と、イシュラが一国の女王に対してあまりにもぶしつけな質問をぶちかました。

「さ、さあ、それはどうデスかね」

「すまない、今日は来賓《らいひん》すべてに礼を述べなくてはならず、その――失礼する」

二人は思わぬ奇襲《きしゅう》を食らったように目を白黒させながら去っていった。

「イシュラ……」

「でも、師匠だってメガネだって、聞いてみたかったでしょ？」

イシュラは悪びれもせず、てへっといたずらっぽく笑った。こういうあたり彼女は変わらないが、でも、そんなイシュラのやんちゃな一面をおれは好いている。

「ところでレヴィアちゃんと僕の妻は？」

「姉様は商人たちに大モテです。お店に出資したいって連中が次から次へと集まってきて、相手をするのに苦労してます。エルは少し疲《つか》れたみたいで、会場のすみっこで座ってます」

「わかった。ショウはエルのところへ、イシュラはレヴィアのところへもどってくれ。おれはラムダと会ってくる。まったく顔をあわせないわけにもいかないからな」

おれはラムダとかわした取引の詳細《しょうさい》について、イシュラにも、レヴィアにも、親友であるショウにも明かしていない。でも、ショウとイシュラは事情をなんとなく了解《りょうかい》した顔つきでうなずき、おれから離《はな》れた。

会場にもどったおれは人の海を泳いで進んだ。

中央付近に水時計が設けられている。

おれは時刻を確認《かくにん》した。このパーティーは夕刻からの開催《かいさい》だが、すでに陽《ひ》は落ち、月が空に昇《のぼ》っている。とはいえ、まだまだ夜は長い。まだまだこの宴《うたげ》は続く。

(時間的には、そろそろ……のはずだが)

ラムダを探すと、商人たちに囲まれた姿が見つかった。旧キナルバ領を我が物にしつつあるラムダは新興企業《きぎょう》の社長のようなものだ。今のうちに出資しておいて、後で利権や税率の軽減などのうまみを得たいと考える商人はいくらでもいる。

おれは静かにラムダに歩み寄った。

「ラムダ」

「おっ、誰《だれ》かと思えば勇者じゃねえか。元気か？」

「豪商《ごうしょう》たちを相手に、すでに王様気どりか」

「ふん。おれがおれの器量でしていることだ、テメーに文句はいわせねえ。どうしても気にいらねえっていうんなら、いつでも受けて立つぜ、かかってこいよ」

ここには大勢の公人がいる。おれもラムダも相手に反感を抱《いだ》いている、との態度をわざとらしいくらい露骨《ろこつ》にアピールした。アークの城で演じたアドリブでも感じたことだが、ラムダはこういう芝居《しばい》がなかなかうまい。

「この際だから、お前らにもいっておくぞ。おれに味方してユーゴに睨《にら》まれるのが怖《こわ》いってやつはとっとと消えろ。おれはな、お前らが出す金の多寡《たか》にはさほど興味ねえんだ。それよりも、おれにどこまでもついてくる気があるのか、そこに興味がある」

ついでとばかりに、ラムダは商人たちを睨みつけた。このシチュエーションを利用して忠誠心のある者を選別しようというわけか。ちゃっかりしている。

おれはそんなラムダに眉《まゆ》をひそめて、水時計へ視線を飛ばした。

再びラムダを見つめる。

ラムダもいったん水時計に目をやってからおれに視線をもどし、二、三度すばやくまばたきをした。

さて。

今からちょっとしたイベントが始まる予定なのだが、その前に、おれとラムダの取引について解説しておこう。

おれはラムダがエターナルに帰還《きかん》し、旧キナルバ領を我が物にする話を聞いたあの日、ある取引をした上でラムダの行為《こうい》を黙認《もくにん》することにした。

その取引とは、ラムダにおれの『計画』の片棒を担《かつ》がせることだった。

エターナルの創世神である木安春子《きやすはるこ》は、生き物の本質とは善なのか悪なのか、それを見極めるためこの世界を創《つく》ったと語った。だが、おれはそれについてこう思う。生き物は――人間は――宿命的に、善と悪の狭間《はざま》で揺《ゆ》れ動く存在なんだ、と。ただしその振《ふ》れ幅《はば》が大きいため、ちょっとしたきっかけや環境《かんきょう》の差によって、大きく善へ傾《かたむ》くこともあれば、大きく悪へ傾くこともあるんだろう、と。

この考えに基づき、おれはこう結論した。重要なのは人の心の悪を抑制《よくせい》するシステムの構築だ。既知《きち》の社会制度でいうと、警察による犯罪者の取り締《し》まり、公正な裁判、公正な刑罰《けいばつ》の執行《しっこう》などがそれにあたる。

おれが創設した軍神騎士《きし》団の存在意義もそこにある。どんな個人・組織とも癒着《ゆちゃく》せず、大きな悪が生じたなら躊躇《ちゅうちょ》なくこれを討《う》つ軍神騎士団は、いわば警察の強化版だ。

しかし……おれはそれだけでは不十分と考え、もうひとつ、ある社会実験を試みることにした。

それは善による悪のコントロールだ。

教団は旭日騎士団《きょくじつきし》のリーダーにリサさんを……正確には、リサさんのもうひとつの人格であるイヴィルを据えることで、自分たちにとって都合の悪い正義の軍団を管理しようとした。そう、悪が善を管理しようとしたんだ。

これを逆にしたら、どうだろうか？

具体的にいうと、偽物《にせもの》の教団を設立するんだ。偽教団のトップである教祖及《およ》び初期メンバーの偽団員には、おれの息がかかった者を据える。偽教団は社会に不満を持つ危険分子に働きかけ、これを吸収してひとまとめにしてゆく。で、教団員の不満を解消させるために小悪事を働くが、ある一定の限度を超《こ》えてしまわないように、おれが教祖を通じて活動に一定の制限をかける。悪心を持つ人々の不満が爆発《ばくはつ》してしまわないように、適度にガス抜きをさせるわけだ。

またこの偽教団には、エターナルの人々が平和ボケに陥《おちい》るのを防ぐ狙《ねら》いもある。邪神との戦いがまさにそうだったが、人間は強大な敵に相対して（利己心を捨てて戦わなければ、種としての存亡が脅《おびや》かされる！）となると、俄然《がぜん》、友情や勇気を発揮する。わかりやすい仮想敵があると、一致《いっち》団結する習性があるんだ。そこで、巨悪がしぶとく生き残って現在も活動していると見せつけ、邪神《じゃしん》との戦いの記憶《きおく》が風化するのを防ぐ。それはエターナルの人々に自身を見つめさせ、自身の小さな悪心を戒《いまし》めさせる効果を持つと思う。

さらに、だ。偽教団の活動により、軍神騎士団の存在は説得力を増す。どんな組織にもなびかない、にもかかわらず一国の軍隊に匹敵《ひってき》するほどの力を持った軍団なんて、権力者にとっては煙《けむ》たくてかなわないしろものだろう。けれど教団がすでに復活しており、これを取り締まるとの名目があれば、軍神騎士団への風当たりは弱まるし活動の範囲《はんい》も広げやすい。

いうなればこの偽教団は、裏・軍神騎士団だ。軍神騎士団とともにエターナルの安定に寄与《きよ》する使命を担《にな》う組織なんだ。

ただ——この偽教団、どんな人間を教祖として据《す》えるべきなのか？

当然、頭が切れなければだめだ。また、悪心を持つ人々をまとめてゆくにはカリスマ性も必要だろう。社会に不満を持つ者の多くは貧しさがその原因となっていることが多いから、場合によっては金の力で彼らをなだめられるだけの資金も有していなければならない。

なにより、もしもの場合にはおれが切ってしまえる人間でなければならない。

この偽教団を陰《かげ》で操《あやつ》っているのが、正義を旗印にしている軍神騎士団だとバレたらどうなるか。おれ個人が非難されるだけですむなら甘《あま》んじて受け入れる。が、人々は軍神騎士団にも正義という概念《がいねん》そのものにも失望してしまうことだろう。それは絶対に避《さ》けなければならない。だから、万が一ことが露見《ろけん》したなら、おれは「そんなやつのことは知らない。軍神騎士団とつながりがあるなんてとんでもない！」という態度をとらなければならない。

おれにとって一番信頼《しんらい》できるのは親友のショウだが、ショウにこの仕事は荷が重すぎる。なによりおれには、万が一の時、ショウを見捨てられる自信がない。

けれどラムダなら……組織を運営できる器量があるし、忠誠度の高い部下も数多く抱《かか》えている。この大役を任せてもいいとおれは踏《ふ》んだ。もちろん、ラムダ本人が偽教団の教祖となるわけじゃない。ラムダはラムダで立場があるのだから、もうワンクッション置く。ラムダが（こいつなら）と見こんだ者に事情を説明し、偽教団の教祖として立てるんだ。

教祖は教団の活動内容や今後の方針についてラムダに逐一《ちくいち》報告する。ラムダは必要とあらば資金面や人材面で教祖をバックアップする。同時にラムダは、おれに偽教団について定期的に報告。もし偽教団が教祖のコントロールを離れて暴走しかけたなら、おれが軍神騎士団を率いて出むき、これを適度にたたく。もちろんその際は「やはり教団は危険だ。でも軍神騎士団がいたから助かった！」と諸国に喧伝《けんでん》するのも忘れない。

ラムダはかなりの難しい仕事を背負うことになるわけだが、平時に乱を起こしかねない国盗《と》りを黙認するのだから、取引としてはまずまず悪くないはずだ。

ラムダとおれはこの件についてすでに何度も、手紙で密《ひそ》かに連絡《れんらく》をとりあってきた。

そして、今日、この日。

かつての勇者PT《パーティ》のみならず、諸国の要人が一堂に会したこのパーティー会場で、ついに偽教団がお披露目《ひろめ》をする。

段取りは、こうだ。偽教祖率いる偽教団の偽団員たちが、かつて本物の教団員がまとっていた、大きな目を七つの目が囲むデザインのマントを羽織り、ランダル城の裏門に接近するも、怪《あや》しいやつめと咎《とが》められてすぐに逃《に》げ帰る。これといって破壊《はかい》活動はしない。けれど、ラムダの息のかかった者がこの会場へ大あわてであらわれ、「たいへんです！　かくかくしかじかの出来事があったんですが、その怪しい連中は、なんと！　教団の生き残りのようで——」と騒《さわ》ぎ立てる。

他愛もないお芝居といえばそれまでだが、おれが深刻な表情で「やはり悪は滅《ほろ》びないのか」とつぶやけば、諸国の首脳陣《しゅのうじん》も顔を引き締めざるを得ないことだろう。まあ、最初の一歩はこんなものでいいさ。

（それでも緊張《きんちょう》してきたな）

偽の教団員が、もし一人でも捕《つか》まったらどうなるか。秘密を知る者は少ないほうがいいとの判断から、この場でこの件について知っているのはおれとラムダだけだ。パール女王やラッフィーたちは本物の教団の生き残りと思いこみ、厳しい取り調べの末に公開処刑《しょけい》なんてこともじゅうぶんありうる。といって、おれもラムダもそんなやつらは知らないという態度をとらなければならない。偽教祖や偽教団員は、スパイ映画における『なお、もし捕まっても当局は一切《いっさい》関知しない』を地でゆく、世界平和のために危険を冒《おか》すエージェントなんだ。

ラムダもそのへんは承知しているから緊張してきたんだろう、すうっと深呼吸をした。諸国の要人が華《はな》やかな衣装《いしょう》で歩き回る、笑声《しょうせい》の絶えない宴の場。けれどもうじき、彼らの肝《きも》を冷やす出来事が――。

ガシャアアアアアン！

突然《とつぜん》、ガラスが砕《くだ》け散る音が響《ひび》き渡《わた》った。

「えっ？」

おれは目を剝《む》いた。割れた窓から、長剣《ちょうけん》を手にした黒装束《しょうぞく》の賊《ぞく》が雪崩《なだ》れこんでくる！

(馬鹿《ばか》な！　どうなっている、段取りとちがうじゃないか！　まさかラムダのやつ、おれをびっくりさせてやろうと違《ちが》う段取りを報《しら》せてきたのか？)

おれは急いでラムダに視線を移した。

するとラムダはあわてた様子で首を横に振った。

瞬間《しゅんかん》、さあっと背筋が寒くなり、首筋のうぶ毛がちりちりと逆立った。

これは偽教団の演劇じゃない！　本物の賊だ！

「みんな、壁際《かべぎわ》へ下がれ！」

おれはさけんで剣を抜《ぬ》きはらい、駆け出した。こんなにたくさん要人が集まっている室内では、範囲《はんい》攻撃魔法《こうげきまほう》で賊を一掃《いっそう》、とはいかない。逆に賊のほうは容赦《ようしゃ》なく範囲攻撃魔法を使ってくるはずだ。戦士職の攻撃で速《すみ》やかに賊を倒《たお》さなければならない！

おれは助走の勢いを乗せ、料理が並んだテーブルを足場にして高く舞《ま》うと、天井《てんじょう》付近のシャンデリアをつかんだ。

人、人、人でごった返す会場だが、この位置なら見通しがいい。すばやく視線を配る。

賊の数は五人、いずれも焦《こ》げ茶色のフードつきマントを羽織っている。うち一人が巻物を広げていた。さては範囲攻撃魔法を封入《ふうにゅう》したスペルスクロールか？

（くそっ、魔法職がスペルスクロールを使うとは考えられない。つまりやつは戦士職で、そうなるとＨ　Ｐ《ヒットポイント》も防御《ぼうぎょ》力もそこそこある。ソニックブームで衝撃波《しょうげきは》を飛ばしたとして、一撃で倒し切れるのか？　といって、こんなに人がいる場所でソニックストームは使えな

い）

アドレナリンが噴《ふ》きだす。思考の光が幾重《いくえ》にも重なって明滅《めいめつ》する。おれは瞬時の判断でシャンデリアを振り子にして宙に舞うと、天井を蹴《け》って賊の頭上へ逆落としに迫《せま》った。

「フラッシュ！」

四連続攻撃をたたきこむ。この日、おれが腰《こし》に佩《は》いていたのはありきたりな鋼《はがね》の剣だったが、賊は血しぶきをあげて瞬時に絶命した。

だが次の瞬間、破裂《はれつ》音とともに会場の一角を稲妻《いなずま》の嵐《あらし》が見舞った。べつの賊がスペルスクロールを使ったのだ。

「ヒール！」

「グルーヴァヒール！」

「ヴァイヒール！」

「ペリアナイアレイン！」

レヴィアが、ショウが、ユグドラシル使節団のエルフたちが、矢継《やつ》ぎ早に回復魔法を唱える。レヴィアが風神ファドラから授《さず》かったヒーリングベルの魔法ならこの場にいる全員を回復できるのだが、その呪文《じゅもん》はすでに失われてしまっている。

「ダブル！」

イシュラが賊の背後から斬《き》りつけて倒した。アライエン使節団のドワーフたちがべつの賊を、また会場の警護にあたっていたラッフィーがさらに一人を倒す。

おれは最後の一人のところへ突進した。

そいつは剣を抜きはらい、わめきながら打ちかかってきた。

(こいつの正体はいったい何者だ？　口を割らせるため生け捕《ど》りにする必要がある)

だが、勇者PT揃《そろ》い踏《ぶ》みのこの会場にたかだかこの程度の戦力で乗りこんでくるなんて自殺行為《こうい》以外のなにものでもない。つまりこいつらは、最初から死ぬことを前提として乗りこんできたのではないか？

おれはわざと斬りかからせておいて、かわしざま、得物を持った賊の手首を斬り飛ばした。

すぐさま足払《あしばら》いをかけて賊を床《ゆか》に転がし、喉元《のどもと》に剣を突《つ》きつける。

「何者だ！」

怒鳴《どな》ると、賊はぎらぎらした目でおれを睨《にら》み返してきた。種族はダークエルフ、壮年《そうねん》と見受けられる男だった。

「誰何《すいか》するまでもなくわかっているだろう」

「なにッ」

「この襲撃《しゅうげき》は、あのお方からのメッセージだ。我らは決して滅びない。決して……！」

いい終えると賊の喉元が大きく動いた。なにかを飲みこんだのか？　毒物か？

吐《は》かせようとしておれは賊の襟首《えりくび》をつかんだが、遅《おそ》かった。賊は大量の喀血《かっけつ》とともにこと切れ、HPを示す頭上のバーは真っ白になった。

（あのお方、だと）

賊が装備していたフードつきマントを剝《は》ぎとる。

マントの裏地には金色の糸で、巨大《きょだい》な目とそれを囲む七つの目が刺繡《ししゅう》されていた。

おれはマントから手を離《はな》して立ち上がり、顔をあげてラムダを探した。

ラムダはまじまじと賊を見つめ「なんてこった」とつぶやいていた。やはりこれはシナリオにない出来事だったのだ。にもかかわらず賊はこのマントを装備していた。つまりこいつらは本物の……教団！

（なんてことだ。やつら、もう復活しているのか。活動を再開し、善の勢力に冷や水を浴びせるため、宣戦布告してくるなんて！）

おれは慄然《りつぜん》としながら、ほかの仲間たちの安否を確認《かくにん》するべく視線をさまよわせた。

イシュラとレヴィアは背中合わせになって、さらなる賊の襲来を警戒《けいかい》している。メタボさんはパール女王のそばで彼女をガードしている。身重のエルは、ショウ、二体のデュラハン、それに四本のエレメンタルソードによってがっちりと守られていた。ん？　エレメンタルソード？　そうか、ラムダは咄嗟《とっさ》にエレメンタルソードを召喚《しょうかん》してエルのガードに回してくれたのか……。

「賊は討《う》ち果たした！　だが、警戒を怠《おこた》るな！」

なにが怖《こわ》いといって、人が多いのでパニックが怖い。おれは剣を掲《かか》げて大きな声で混乱を鎮《しず》めた。

「救護班！　怪我《けが》人の確認と手当を！」

あまりのことに言葉を失っていたパール女王が、はっとした様子でさけんだ。ただ、おれの見たところ仲間たちはみんな無事だし、死亡者や重傷者は出ていない様子だ。もっとも教団は最初から、命知らずの団員を使って派手な宣戦布告ができればよし、との考えでいたのかもしれないが。

「悪は滅びない、か」

おれは苦々しい思いとともにつぶやいた。

「だが、善もまた滅びはしない」

おれが勇者を演《ロールプレイ》じたように、巨悪《きょあく》が世界を破滅《はめつ》へ導こうとしても、べつの勇者があらわれて戦うことだろう。軍神騎士《きし》団もいずれは力をつけ、次の勇者、次の次の勇者がゲームに勝ちやすいように攻略を助けるようになる。教団め、お前たちが百度倒しても百一度蘇《よみがえ》るというなら、好きにしろ。そのたびに新たな勇者がお前たちを倒すことだろう。

おれは血に濡《ぬ》れた剣をテーブルクロスの端《はし》で拭《ぬぐ》った。

(まさかこんなに早く教団が復活するなんて。偽《にせ》教団を創設するまでもなかったのか？いや……偽教団が社会に不満を持つ者を吸い集めれば、本物の教団としてもやりにくいはずだ。偽教団の件はあくまでシナリオ通りに進めよう)

度肝《どぎも》を抜かれたのは事実だが、おれは意外なほどあっさりと冷静さをとりもどした。

そうさ、ただの高校生だったこのおれにさえ、世界を救う勇者を演じることができたんだ。なにを心配することがある。

世界には数えきれないほどたくさんの、まだ見ぬ勇者がいるんだ。

ろーぷれ・わーるど　完

あとがき

朝でも昼でもこんばんは。吉村夜《よしむらよる》です。

ろーぷれ・わーるどは、この十五巻をもって完結となります。ユーゴたちの長い旅路につきあってくださったみなさん、ありがとうございました。

・ショウのモテモテ大作戦

ドラゴンマガジン掲載《けいさい》の短編です。五巻で謎《なぞ》の無人島に漂着《ひょうちゃく》し、林間学校みたいな生活をしていた時のワンシーンです。無人島で若い男女がキャッキャウフフ！　作者としてもかいていて楽しいので、本音をいえばこの部分はもっといっぱいかきたかったのですが、本には枚数の制限があります。四巻でエルとの距離《きょり》が急接近したショウのエピソードを入れたいな……と思いつつも五巻では涙《なみだ》を呑《の》んで削《けず》ったため、こうして短編で描《えが》ける機会を得られたのはありがたいことでした。

・恐怖《きょうふ》！　ほらーげー・わーるど

ドラゴンマガジンの付録であるおまけ小冊子に収録されている短編です。謎の無人島を脱出《だっしゅつ》し、アダナキア地方への上陸を果たしたユーゴたち。つまり五巻と六巻の間に起こった出来事です。じつはこのお話、当初は六巻として一冊丸々使って描こうと思っていました。密室殺人はミステリー小説やホラーゲームの定番なので！　しかし、五巻が教団と戦う本編の流れからはやや脱線《だっせん》したお遊び的な物語だったので、六巻は物語を本来の流れにもどしたほうが良いとの判断から却下《きゃっか》しました。ところがそんな折、小冊子の仕事が入ってきたので、これ幸いと執筆《しっぴつ》にとりかかった次第《しだい》です。作者としても楽しみながらかけたエピソードでした。スーファミ版のかま○いたちの夜、大好きだったので！　こういうの、とにかく好きなので！

・エンディング後も続く世界

邪神討伐《じゃしんとうばつ》後の、主要キャラクターのその後について描いた後日談です。いわゆるオープンワールド系のＲＰＧ……スカ○リムやグラ○ド・セフト・オートなどは、メインクエストやサブクエストが多数用意されているものの、それらをすべてこなしたとしても世界はあいかわらず存在し、果てしなく続いてゆきます。世界の住人であるＮＰＣたちは、プレイヤーにとっての物語がいちおうのエンディングを迎《むか》えた後も、日々の営みを続けてゆくのです。ろーぷれ・わーるども——舞台《ぶたい》世界であるエターナルも——そのような永続的な世界です。邪神ギャスパルクはユーゴを筆頭とする勇者たちによって倒《たお》されましたが、それは終わることのない善と悪の戦いのひとコマにすぎません。エターナルは果てしなく続き、正義の灯《ともしび》は次の勇者へ、次の次の勇者へと受け継《つ》がれてゆくのです。

さて……。

これにて、ろーぷれ・わーるどは『完！　結！』です。

この物語に力を貸してくださった富士見書房の担当編集者のみなさま、ありがとうございました。絵師のてんまそさん、今野《こんの》隼史《たかし》さん、ありがとうございました。ろーぷれ漫画《まんが》版の遠野《とおの》ノオトさん、ありがとうございました。営業の方、校正の方、ありがとうございました。そして読者のあなた！　ほんとうにありがとうございました。

このとてつもなく広い世界で縁《えん》あって触《ふ》れあい、人生という超《ちょう》大規模RPGを一緒《いっしょ》にプレイできて、ほんとうに嬉《うれ》しかった。またいつかどこかで、一緒にゲームできたらいいですね！

吉村　夜

というわけで、ろーぷれ・わーるどはこれにて終了《しゅうりょう》ですが……。

この十五巻が刊行されるのは二〇一三年十一月。来月、十二月には、富士見書房から私の新しい物語の一巻が刊行されます。

タイトルは、ごっど・わーるど。

タイタン。その世界は異世界より神を召喚《しょうかん》することにより発展してきた。神は神粘土《かみねんど》をこねることで万物を意のままに創造できる……！　しかし、召喚された神が善の心を持っているとは限らない。強国ナヴレスが召喚した魔神《まじん》ナタスは突如《とつじょ》として変心し、タイタン全土を征服《せいふく》すべく戦乱を巻き起こす。ナタスが創造した強大な英雄《えいゆう》たちは瞬《またた》く間《ま》に隣国《りんごく》ライラスを占領《せんりょう》。ナヴレス軍は余勢を駆《か》って、ライラスの南に位置するアンデル島を攻略《こうりゃく》すべく軍団を送りこんできた。小さいながらも平和なアンデル王国の危機だっ！　魔神ナタスに対抗《たいこう》するには、神の力を借りるしかないっ！　王女アンは召喚石を用いて新たな神を招く。そんでもって召喚されちゃった中学生の三浦会音《みうらかいね》と坂上大樹《さかがみたいじゅ》！　日本ではただのチューボーでも、この世界での二人は神！　神粘土をこねて「クリエイション！」と唱えればなんでも創造できちゃう！　てなわけで二人はアンデル王国を守るべく戦いを始める！　自分専用のかっこいい武器、理想の美少女、カツカレーや完熟バナナ、欲望《よくぼう》の赴《おもむ》くままなんでもかんでも創造しつつ戦うぞぉ～！　異世界戦国絵巻神話の始まりだっっつつつつ！

ご期待ください。

それと、他社レーベルの話で恐縮《きようしゆく》なのですが……。

この十一月には、講談社ラノベ文庫からも私の物語が刊行されます。発売日の関係で、このろーぷれ十五巻よりも先に書店に並んでいるかな？　タイトルは『キミにもできる！女の子一本釣《づ》りマニュアル』。釣り竿《ざお》で女の子を釣れちゃう、現代日本風ながらどこか奇《き》妙《みよう》な不思議ワールドで、主人公の男子高校生、フツメンこと富津浦信司《ふつうらしんじ》がフィッシャーマン道を歩みます。女の子の好みを見抜《みぬ》き、これなら釣れると読んだエサをつけて釣り竿を振《ふ》るのです。きた！　アタリだ！　アワセろ！　リールを巻け！　釣れたぁー！　こちらの物語もよろしくお願いします！

「あの敵めんどくさかったなあ」
「あのＢＧＭ好きだったなあ」
「あのセリフの意味、いまならわかるなあ」
……そういう、大好きなＲＰＧの記憶は
その時々のグラフィックと一緒に
思い出したりもします。

ろーぷれという物語もひょっとしたら、
ＲＰＧのように回顧されるかもしれません。
その記憶のかたわらにドット絵があったら
さいわいです。

Konno
Takashi
2013.10

初出

ショウのモテモテ大作戦　ドラゴンマガジン2010年5月号
恐怖！　ほらーげー・わーるど　ドラゴンマガジン2010年9月号
エンディング後も続く世界　書き下ろし

富士見ファンタジア文庫

RPG W(・∀・)RLD 15

—ろーぷれ・わーるど—

平成25年11月25日　初版発行

著者——吉村《よしむら》　夜《よる》

発行者——佐藤　忍

発行所——株式会社KADOKAWA
http://www.kadokawa.co.jp

企画・編集——富士見書房
http://www.fujimishobo.co.jp
〒102-8177
東京都千代田区富士見2-13-3
電話　営業　03(3238)8702
　　　編集　03(3238)8585

印刷所——旭印刷
製本所——本間製本

※定価はカバーに表示してあります。
落丁・乱丁本は、送料小社負担にて、お取り替えいたします。KADOKAWA読者係までご連絡ください。(古書店で購入したものについては、お取り替えできません)
電話049-259-1100(9:00〜17:00/土日、祝日、年末年始を除く)
〒354-0041 埼玉県入間郡三芳町藤久保550-1

ISBN978-4-04-712958-0 C0193

ファンタジア文庫
「フルメタル・パニック！」の
賀東招二最新作
謎の美少女転校生・千斗《せんと》いすずから遊園地デートの誘いを受けた可児江西也《かにえせいや》。
わけもわからないまま連れて行かれると、ラティファという“本物の”お姫様に
引き合わされ、その遊園地の支配人になることに――!?

ついに
見参！
甘《あま》城《ぎ》
AmagiBrilliantPark
ブリリアントパーク
1～2巻好評発売中（シリーズ以下続刊）
著：賀東招二　イラスト：なかじまゆか

ファンタジア文庫
史上最弱の英
間違いだらけの

ロムニア帝国興亡記 I
翼ある虎
著：舞阪洸
イラスト：エレクトさわる
1巻好評発売中
か？ 皇子
国興亡戦史！

ファンタジア文庫
“うつけ“と評判の皇子サイファカール。次代の皇帝候補
から外れ、歴史の影に埋もれる、はずだった。
だが、帝国を揺るがす報せが皇子の運命を大きく変える！
野に放たれた虎は帝国興亡の要となるのか!?
“うつけ”か？“英雄”
サイファカールの帝

イラスト／つなこ
ファンタジア大賞
原稿募集中！
賞金
大賞 300万円
準大賞 100万円
金賞 30万円　銀賞 20万円　読者賞 10万円
第27回締め切り 2014年2月末日
※紙での受付は終了しました。
最終選考委員
葵せきな（生徒会の一存）あざの耕平（東京レイヴンズ）
雨木シュウスケ（鋼殻のレギオス）ファンタジア文庫編集長
投稿も、速報もここから！
ファンタジア大賞WEBサイト http://www.fantasiataisho.com
既存のライトノベルの枠にとらわれない小説求む！ 第2回ラノベ文芸賞も同サイトで募集中
ファンタジア文庫ファンに贈る
最高のライトノベル誌！
豪華付録、メディアミックス情報、
連載小説など、その他企画も盛りだくさん！
奇数月（1、3、5、7、9、11）
20日発売!!
ドラゴンマガジン
イラスト／つなこ